신현준의

고
백

그
리
고

기
도

지난 2008년 진심을 다해 만들었던 나의 <고백>.
이 책이 무려 11년 만에 다시 세상의 빛을 보게 되었습니다.

시간이 흘러 사랑하는 아내의 남편으로 민준이와 예준이의 아빠로
제 인생에서 가장 소중한 시간을 보내고 있습니다.

사랑하는 나의 가족,
그리고 지금 이 책을 마주한 모든 분들이 행복하길 기도합니다.
2019년 12월
신현준

기도는 땅에 떨어지지 않는다.

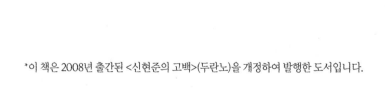

신현준의　고백

우주북스

목

차

책을 열며

예기치 못했던 어려움을 겪을 때 우리는 비로소 우리가 평범하다고 여겼던 일상이 얼마나 행복하고 소중한 것이었는지 깨닫게 된다. 건강한 몸, 일할 수 있는 기회, 가족과 마주 앉는 식탁, 아이들의 웃음소리, 맘껏 기대 울 수 있는 소중한 사람, 지금 이곳에서 누릴 수 있는 축복이다. 세상이 말하는 성공의 조건을 좇아 달려가는 사이 일상의 행복을 놓치고 있지는 않는가. 우리에게 주어진 '오늘'이라는 시간이야말로 감사 제목임을 잊지 말라.

〈CTS 새벽의 종소리〉

난 언제나 자유로울 것이며

더 많이 어울릴 것이고

더 많이 부딪힐 것이며

더 많은 추억을 만들 것이다.

더 많이 울어 볼 것이고

더 많이 웃을 것이며

더 많은 실패와 성공을 경험할 것이고

더 많이 배울 것이며

더 많은 책과 더 많은 음악과 더 많은 자연을 느낄 것이다.

더 많은 사람들과 당신의 이야기를 할 것이며

더 많이 감사하고

더 많이 기도할 것이다.

그리고

더 많이 사랑할 것이다.

이 세상의 빛과 소금인 여러분께

부족한 저를 항상 채워 주시는 주님께

그리고

나의 소중한 사람들에게

사랑을 전하며….

언제나 주님 안에서 새로 태어나기를 바라며

신현준

나의 빛나는

당신을 만나기까지

생각이 미래다

미국에서 차를 타고 비버리힐즈를 지나가는데, 아주 근사하고 탄성이 절로 나오는 빌딩을 봤다. 그곳에 사는 형이 말했다.

"영화배우 케빈 코스트너 거야."

케빈 코스트너가 배우가 되겠다는 꿈을 안고 할리우드에 처음 와서 시작한 일은 빌딩 청소부였다. 사람들은 그의 꿈을 비웃었지만, 그때마다 그는 다짐했다.

'난 꼭 성공해서 이 빌딩의 주인이 될 거야!'

마침내 그는 할리우드의 스타 배우가 되었고, 그 빌딩의 주인이 되었다.

내게는 가끔 이런 일이 있다. 갑자기 누군가를 떠올릴 때 그와 함께 듣던 음악이 흐른다거나, 그에게서 뜻밖의 안부 전화가 걸려 온다거나 하는… 하찮은 우연의 일치가 아니다. 문득, 누군가가 보고 싶다는 것은 그 사람도 지금 나를 보고 싶어 한다는 것이다. 문득, 누군가가 생각나는 것은 그 사람이 지금 내 생각을 하고 있다는 것이다.

이렇게 인간 내부에는 생각을 지배하는, 생각보다 강한 무언가가 있다. 우리는 생각하고 기도할 수 있다. 하나님은 우리에게 생각하고 기도할 수 있는 힘을 주시고 이루어 주신다. 좋은 것만 생각하라. 근심이라는 벌레는 사람을 갉아먹어 시체처럼 만든다. 근심을 버려라. 대신 생각을 잘 다루라. 어떻게 생각하느냐에 따라 실패할 수도 성공할 수도 있다. 생각이 곧 미래다. 미래는 생각한 대로, 기도한 대로 이루어진다.

'정말 그렇게 될까?' '내가 어떻게 그렇게 될 수 있겠어?'

기도하고 의심한다면, 하나님은 그 꿈을 이루어 주지 않으실 것이다. 꿈을 하나님께 맡기고 기도하고 믿으라. 어느 날 나는 그토록 기도했던 그 자리에 있을 것이다.

현재 우리의 모습은 과거에 우리가 했던 생각의 결과다.
론다 번, 《시크릿》

좋은 생각은 우리를 천국으로 인도하고 나쁜 생각은 지옥으로 인도한다.
류시 말로리

무엇이든 생각한 대로 이루어진다.
하루야마 시게오, 《뇌내혁명》

깜깜한 극장 안에 불이 들어오듯,
내게 배우가 다가오다

어느 순간 알았다. 그동안 기도했던 모든 것이 다 이루어져 있다는 놀라운 사실을, 하나님이 이제껏 내 손을 잡으시고 등을 쓸어 주시고 머리를 쓰다듬어 주고 계시다는 것을.

내가 영화를 사랑하게 된 것은 순전히 부모님 때문이다. 아직도 기억난다. 어렸을 때 부모님 손을 잡고 가서 봤던 수많은 영화의 장면들…. 부모님의 영화 사랑은 대단해서 아이들 넷을 조르르 데리고 영화를 보러 다니셨다. 한 아이가 울면 아버지가 데리고 나가서 달래고, 또 다른 아이가 울면 이번에는 어머니가 데리고 나가서 달래는 식이었다. 심지어 초등학교 때는 초등학교 관람 불가였던 <취권>을 아버지랑 같이 봤다. 검표원이 나를 붙잡으면 아버지는 이렇게 말씀하셨다.

"얘는 외국에서 온 애예요. 괜찮아요."

그러면 무사 통과였다. 고등학교 때는 미성년자 관람 불가였던 <어우동>이며 <땡볕>도 엄마랑 같이 봤다. 고등학교 무렵부터 얼굴 생김이 지금과 똑같아서 나를 다 성년으로 봤기 때문이다. 우리 집에는 늘 외국 영화가 넘쳐 났다. 아버지는 외국에 나갈 일이 많으셨는데, 오실 때마다 늘 새로운 영화를 구해 오셨기 때문이다. 고등학교 때 비디오 가게에 가면 아저씨가 내게 조언을 구했다.

"야, 요즘 어떤 영화를 봐야 하니?"

생각해 보면 우리 가족은 대단한 영화광이었던 것 같다. 그래서 내 꿈은 영화감독이 되는 거였다. 내 전공인 체육교육과 수업보다 다른 학교 영화과 수업을 훔쳐 들으러 다녔다. 나중에는 영화과 친구들과 허물없이 함께 작업할 정도가 되었다.

그러다가 1987년 5월 2일, 내 인생을 바꾼 영화 <기쁜 우리 젊은 날>을 만났다. 배창호 감독의 영화를 좋아했던 나는 강의도 빼먹고 단성사로 달려갔다. 개봉 첫 회 영화를 보는 것이 동경하는 감독에 대한 예의라고 생각했으니까. 잔잔하지만 구석구석 의미가 담긴 감독님의 연출은 시작부터 너무 좋은 영화 한 편을 만났다는 흥분을 주었다. 그런데 자꾸 배우가 보이기 시작했다. 그 배우에 빠져서 영화를 보게 되었다. 짝사랑하던 여인과 운명적으로 재회하지만 그녀는 아이를 남기고 세상을 떠난다. 지독하리만큼 지고지순한 한 남자의 사랑 이야기가 담긴 영화. 영화를 보는 내내 안성기 선배님의 연기에 울고 웃으며 감동했다.

극장문을 나서는 무렵, 긴 여운을 주는 배우가 정말 위대하다는 생각을 하게 되었다. 정전되었던 건물에 갑자기 불이 모두 켜지는 느낌이었다. 건방진 생각일 수도 있겠지만, 내가 잘되어서 많은 사람들이 나를 알게 된다면, 그리고 바르게 산다면, 더 많은 사람에게 하나님을 전할 수 있겠다는 생각이 들었다. 사람들로 붐비는 극장 앞에 서서 그대로 기도했다.

"주님! 앞길을 보여 주세요. 주님이 원하시는 길로 인도해 주세요."

내가 영화배우가 되겠다고 하자 부모님의 실망은 이만저만이 아니었다. 하나밖에 없는 아들이 딴따라가 되는 것만은 못 보겠다는 것이었다.

"사춘기 없이 크더니, 이제 와서 왜 이러니…?"

하지만 나는 이런 상황을 이해할 수 없었다. 아니, 충격이기까지 했다. 내게 영화가 얼마나 멋진 것인가를 가르쳐 주신 분들이, 그렇게 영화를 사랑하시는 분들이… 다른 건 부모님 말씀을 어길 까닭이 없었다. 하지만 이번만큼은 영화배우가 되겠다는 꿈만큼은 포기할 수 없었다. 내가 굽히지 않자, 아버지는 내 머리카락까지 빡빡 깎았다. 영화 출연을 못하도록. (원래 일본 무사들은 머리카락을 길러서 묶는데, <장군의 아들>에서 하야시가 머리를 빡빡 깎고 등장했던 이유가 여기에 있었다.) 부모님의 생각과 내 생각이 달라서, 나는 진로 문제를 놓고 하나님께 오랫동안 기도해야 했다.

그 무렵 교양 과목으로 김동길 교수님의 강의를 들었다. 교수님의 명성만큼이나 강의실은 언제나 학생들로 붐볐다. 하루는 칠판에 '효(孝)' 자를 적으시고 이렇게 말씀하셨다.

"오늘은 수업보다는 내 이야기를 하고 싶다. 이게 맞을지 안 맞을지는 모르겠다. 내 생각에 효에는 두 가지가 있는 것 같다. 하나는 어머니 말씀을 잘 따르는 것이다. 또 하나는 자신이 정말 좋아하는 일을 해내서 그 분야에서 꼭 필요한 사람이 되는 것이다. 우리 어머니는 내가 안정된 직장, 그러니까 은행원에 취직하기를 간절히 바라셨지만 나는 말품 파는 교수가 되었지. 하지만 내가 좋아하는 일을 하고 자신의 능력을 사회에 환원하는 사람이 된다면 부모님이 왜 기뻐하지 않으시겠는가?"

귀가 번쩍 뜨였다. 교수님의 말씀을 들은 순간부터 기도하기 시작했다.

"사랑하는 주님! 감사해요. 주님! 언제나 받기만 했던 주님 사랑에 이제는 정말 보답하고 싶어요! 주님이 원하시는 일들, 계획하신 일들, 부족하지만 저를 통해 이루시길 기도드립니다."

자연은 머무르지 않고 항상 움직이며, 아무것도 하지 않는 자를 벌한다.
괴테

나는 모든 것을 할 수는 없어도 무언가는 할 수 있다.
헬렌 켈러

너의 행사를 여호와께 맡기라 그리하면 네가 경영하는 것이 이루어지리라.
잠언 16:3

내 인생의 가장 빛나는 동아줄, 노력

용기 있는 자에게는 자유로이 창조할 수 있는 미래가 있다. 실망하는 자는 패배하는 것이다. 비도 오고 바람도 불어야 비옥한 황토가 된다. 맑은 날이 있으면 흐린 날이 있기 마련이다. 과거는 이미 흘러간 것이다. 지난날의 기억에 괴로워하지 말자. 미래를 걱정하지 말자. 인생은 오직 현재에 있다. 온 힘을 다해 오늘을 살자. 지금 이 순간보다 더 중요한 것은 아무것도 없다.

'왜 남들처럼 잘사는 집에서 태어나지 않았을까?'

정말 못난 생각이다. 가난은 유익이 될 수 있다. 젊었을 때의 가난은 성공의 실마리가 된다. 가난에서 벗어나려는 충동만큼 강한 힘은 없다. 스스로가 가난을 수치스러운 것이라 생각하지 말고, 미래의 나를 만들어 줄 디딤돌이라고 생각하라. 지금부터라도 무엇이든지 찾아서 열심히 한다면 기회는 올 것이고, 비전이 생길 것이다. 신세 한탄은 금물. 무슨 일이든 하라. 일에는 직업에는 귀천이 없다. 미래는 주어지는 것이 아니라 만드는 것이다.

매일 아침의 여명이 우리 삶의 시작이 되게 하고,
매일 저녁의 일몰이 삶의 마지막이 되게 하라.
존 러스킨

실망을 맞아들일 준비는 하되 원하는 것은 포기하지 말라.
슈바이처

폭풍 속에서 비로소 항해사의 솜씨가 발휘되고, 싸움터에서 비로소
군인의 용감성을 시험할 수 있듯이, 인간의 용기는 그가 인생에서 가장
어렵고 위험한 상황과 직면했을 때 비로소 알 수 있다.
다니엘

오늘이 마지막이야

'오늘이 마지막이야!' 하고 마음속으로 외칠 때가 있다. 주위에 있는 것들, 내가 지금 하고 있는 것들에 감사하려고. 오늘이 마지막이라고 생각하면 이 세상의 모든 것이 얼마나 소중하게 느껴지는지 모른다.

하나님이 내게 주신 시간을 아끼며 현재에 감사하며 최선을 다해 살아야 겠다. 하루하루보다 더 소중한 것은 없다. 나는 오늘 하루도 후회 없이 최 선을 다하고 싶다. 지금 이 시간을 어떻게 보내느냐에 따라서 나의 인생이 결정된다. 최고의 인생을 위해 오늘에 충실하라.

시간이란 모든 피창조물이 거역할 수 없는, 도도히 흐르는 강물이다.

마르쿠스 아우렐리우스

너의 일생은 무한한 시간 속의 아주 짧은 한순간에 지나지 않는다.
최선을 다해 그 짧은 일생 동안 할 수 있는 일을 다 해라.

사이드 벤 하메드

지극히 확실하고 순수한 기쁨의 하나는 노동 뒤의 휴식이다.

칸트

부지런한 자의 손은 사람을 다스리게 되어도
게으른 자는 부림을 받느니라.

잠언 12:24

나의 재능을
발견하는 법

남들이 다 하니까, 사회적으로 인기 있는 직업이어서 적성에도 맞지 않는 일을 택하려 하고 있다면 다시 한 번 생각해 보자. 남보다 앞서 가려고 노력하는 것보다 자신이 하고 싶은 것을 하는 것이 행복하게 사는 법이 아닐까?

김철주라는 내 친구는 서울대 경영학과를 우수한 성적으로 졸업했다. 하지만 자신이 좋아하는 촬영의 꿈을 포기하지 않고 한국종합예술학교 영상원에 들어가 촬영을 공부했다. 지금은 누구보다 자신의 일을 사랑하는 행복한 촬영감독이 되었다. 나는 하나님이 창조한 이 세상에서 단 한 사람으로 초대받은 존재다. 나만의 빛깔로 삶의 꽃을 피워 보라.

재능을 갖고 태어난 사람은
그 재능을 발휘하면서 가장 큰 행복을 느낀다.
괴테

다른 사람들이 나에 대해 어떻게 생각할지 마음을 졸이며
살 것이 아니라, 너 자신이 좋다고 생각하는 삶을 살도록 하라.
류시 말로리

좋아하는 일을 직업으로 삼아라.
그럼 평생 동안 억지로 일할 필요가 없다.
중국 속담

자신의 일을 찾아낸 사람은 행복하다.
그는 이제 행복을 찾을 필요가 없다.
그에게 일이 있고 인생의 목적이 있다.
칼라일

영화가
사명이 되기까지

데뷔 때부터 편안하게 영화 일을 하게 하시고, 그동안 큰 슬럼프 없이 이 길을 걸을 수 있게 하신 하나님의 뜻은 과연 무엇일까. 이제까지 그런 생각을 수도 없이 했다. 하루하루 흘러갈 때는 몰랐지만 하나님은 그날들을 모아 나를 영화배우로 만드셨다. 그랬듯이 영화 한 편 한 편을 찍을 때는 알 수 없겠지만, 하나님은 그 작품들을 모아 나를 멋지게 사용하실 것을 안다.

어느 날 한 극장에서 <패션 오브 크라이스트>라는 영화를 봤다. 하나님이 너무나 비천한 사람으로, 때로는 죄인으로, 얼굴도 이름도 없는 초라한 사람으로 고통 받으시는 모습. 영화를 보는 내내 정말 많이 울었다. 이 영화를 만든 감독이자 배우인 멜 깁슨. 하나님이 주신 은사로 많은 사람들에게 하나님의 메시지를 전하는 멜 깁슨. 그가 위대해 보였다. 나도 모르게 기도가 나왔다.

'저도 제 영화를 통해서 많은 사람들에게 하나님의 사랑을 전하게 해 주세요.'

내가 기특한 생각을 하기는 했지만, 그 길이 쉽게 열리지는 않았다. 그때 나는 알았다. 신앙생활에서 가장 어려운 것은 '기다림'이라는 것을. 내가 원하는 때가 아니라 하나님의 때를 기다리는 것이 진정한 '기다림'이라는 것을.

"주님, 주님의 뜻을 주님의 때에 이루소서. 주님은 지금도 저를 향한 계획을 이루어 가고 계십니다. 제 계획이 이루어지지 않은 것도 주님의 뜻 아래 있음을 믿습니다."

그 뒤 우연히 텔레비전에서 기봉이 아저씨를 만났다. 몸은 불편하지만 모든 것에 감사하며, 작은 것에도 특별한 행복을 느끼며 살아가는 기봉이 아저씨. 연세 많으신 어머니와 함께 먹는 된장찌개 하나에도 감사하는 기봉이 아저씨. '바로 저거다!' 하는 느낌을 받았다. 나를 비롯해서 우리는 지금 너무나 많은 것을 가졌는데도 늘 남과 비교하며, 욕심 부리고, 감사할 줄 모르지 않는가.

나 역시 마찬가지였다. 그동안 나도 감사하지 않았다는 것을. 나 역시 망각의 동물이었다는 것을…. 나도 만 원을 벌면 감사한 것은 잠깐이고, 또 금세 200만 원을 벌고 싶어 하는 평범한 사람이었다는 사실을… 세상과 싸우려다 보니 나도 모르게 치열해져 있었다. 꿈은 항상 이루어져 있는데, 나는 늘 또 다른 꿈을 향해 달려가고 있었다. 아무리 꿈이 실현되어도 하나님께 감사하지 않은 채. 뒤돌아보면 하나님은 이제까지 내 모든 기도를 다 들어주셨는데, 내게 주실 수 있는 것은 다 주셨는데 나는 감사하지 못하고 있었다, 항상.

그날 얼마나 회개했는지 모른다. 그 후 감독 친구와 함께 시나리오를 쓰고,

투자자 형들을 모았다. 크랭크인까지 했는데, 작품이 엎어졌다. 몇 차례나. 그동안 워낙에 남성적인 이미지가 강한 캐릭터만 맡아서 내가 장애인 역할을 잘 해낼 수 있을지 걱정하는 사람들이 많았다.

"하나님 나라를 확장하려고 일하는데, 왜 이렇게 문제가 많습니까?"

하나님께 여쭤보기도 했지만, 사실 나는 답을 알고 있었다. 하나님의 일을 할 때 반드시 평탄하지만은 않다는 것을. 나는 우리 직원들과 함께 기도하기 시작했다. 그러면서 하나님이 주신 마음은 장애인과 가까워지는 시간을 갖자는 거였다. 장애인을 만나면서 내가 정말 장애인를 몰랐다는 것을 알았다. 만약 그 시간이 없었다면 나는 끝내 장애인의 고통을 몰랐을 것이다. 1억만 분의 1이라도 느낄 수 있도록 인도하신 하나님께 참 감사했다. 그 순간 깨달았다. 그럭저럭 해서는 하나님의 일을 할 수 없다는 것을. 그럭저럭이 아니라 하나님이 원하시는 수준에 가까워졌을 때에야 하나님은 주님의 일을 할 수 있도록 허락하신다는 것을.

모든 인간의 일생은 하나님의 손으로 쓰인 동화와 같다.

안데르센,
영화 〈맨발의 기봉이〉 오프닝 타이틀

기봉이 아저씨처럼

기도하면서 영화를 얼마나 열심히 준비했는지 모른다. 나는 기봉이 아저씨처럼 살려고 노력했다. 단지 불편한 몸을 잘 흉내 내는 것이 아니라 진정한 행복이 무엇인지 알고, 작은 것에도 감사할 줄 알며, 무엇과도 바꿀 수 없는 게 바로 어머니의 사랑이라는 걸 아는 기봉이 아저씨처럼 살려고 노력했다.

우습게 들릴 수도 있겠지만 이 이야기는 하지 않을 수 없다. 영화 촬영을 할 때 제일 중요한 건 날씨다. 날씨가 그날 찍어야 하는 영화 속 상황과 맞지 않으면, 앉은 자리에서 하루에 수천만 원이 날아가기 때문이다. 촬영은 못해도, 스태프 체류비는 그대로 나가야 하니까 말이다. 그런데 이 영화를 찍는 내내 하나님은 상황에 딱 맞는 날씨를 허락하셨다. '오늘은 좀 흐렸으면 좋겠다'하면 날이 흐렸다. 기봉이가 뛰면 하늘에는 늘 새가 날았다. 신기하게도! 영화 진행이 기가 막히게 잘됐다. 찍은 필름을 투자자들에게 보여 주면, 투자자들도 만족했다.

2년의 시간이 지나 영화가 드디어 완성됐다. 영화에는 기도하고, 말씀 보고, 교회에 가는 기봉이 아저씨의 일상생활도 고스란히 담겨 있다. 하지만 투자자들은 하나님 냄새가 나는 것은 죄다 들어내라고 했다. 나는 개처럼 싸웠다. 많이 편집되기는 했지만, 그래도 영화를 만들 때 마음속에 두었던 하나님의 메시지는 지켜 냈다. 마침내 영화가 개봉되었을 때, 나는 정말 행복했다. 한 꼬마가 영화관을 나오며 눈가를 비비면서 했던 말을 나는 잊지 못한다.

"나 이제부터 엄마한테 효도할 거예요!"

장애인과 그의 가족들은 내게 이렇게 말했다.

"장애인과 비장애인의 거리를 좁혀 줘서 너무 고마워요."

나도 모르게 눈물이 났다. 열심히 기도하며 만든 영화를 보고 웃고 울며, 영화를 보는 내내 많은 것을 느꼈다는 관객들의 따뜻한 말 속에서.

그때가 '남자 나이 마흔이면 얼굴에 책임을 질 수 있어야 한다'는 말을 수 없이 되새길 때였는데, 그날 나는 기봉이 아저씨처럼 행복한 주름을 갖게 되었다. 세 편에 한 편 꼴로는 이렇게 하나님의 메시지를 담은 영화를 찍는다면 얼마나 좋을까.

영화를 찍는 내내 많은 은혜와 기적을 베풀어 주신
하나님께 감사드리며...
영화 〈맨발의 기봉이〉 엔딩 타이틀

좋은 영화에는
메시지가 있다

분노의 **역류**의 팀워크
인생은 아름다워의 긍정적인 마음
영웅본색의 형제애와 용서
패션 오브 크라이스트의 열정
시네마 천국의 아름다운 사랑
서편제의 예술혼
신상의 진실을 보는 눈

이처럼 좋은 영화에는 좋은 메시지가 있다. 좋은 영화 한 편이 사람의 마음까지 움직이게 할 수 있다는 확실한 믿음을 가지고 있다. <맨발의 기봉이> <마지막 선물>처럼 하나님의 메시지가 담긴 영화를 세 편에 한 편 정도는 꼭 만들고 싶다. 영화를 통해 하나님의 말씀을 전하는 배우가 될 수 있도록 기도한다.

"지식보다는 지성을, 지성보다는 영성을!"

분노의 역류

"You go, We go(네가 가면, 우리도 간다)."
커트 러셀(스티븐 불 맥카프리 역)의 대사

이제 날 죽게 내버려 두라고 쥐었던 손을 푸는 동료에게 던진 커트 러셀의 이 한마디 대사는 영화 전체를 빛나게 만든다. 형제 간의 사랑, 팀워크, 리더십이 무엇인지 알게 해 주는 영화!

인생은 아름다워

로베르토 베니니가 감독과 주연까지 한 영화. 전쟁 따위는 아무것도 아니라는 듯, 비극적인 상황에서도 "인생은 긍정적으로 바라볼 때 아름답다."는 메시지를 들려준다. 웃음 뒤에 숨겨진 감동적인 슬픔이 오래 남는 걸작.

영웅본색

"형은 새 삶을 살 준비가 되었는데 넌 왜 형을 용서할 용기가 없는 거야! 형제란…. (총성과 함께…)" *주윤발(소마 역)의 대사*

영화 <스카페이스>에서 페이소스를 자극하는 슬픈 카리스마 '토니 모타나' 역을 했던 알파치노가 생각났던 영화. 지금까지도 볼 때마다 전율이 흐르는 영화. 이 영화 한 편으로 아직도 홍콩 느와르 영화가 초라해 보이지 않는다. '적룡' 같은 형과 '소마' 같은 친구가 있다면….

패션 오브 크라이스트

전 세계인의 사랑을 받는 영화배우 멜 깁슨. 하지만 그는 채워지지 않는 공허감과 우울증으로 자살을 결심한다. 자살을 결행하려고 투숙한 어느 모텔의 작은 탁자 서랍에서 먼지에 덮인 성경책을 발견한다. 결국 그는 그 성경책을 통해 주님을 영접하고, 이 영화를 만들었다. 전 세계의 그리스도인을 다시 일깨우고, 믿지 않는 사람들을 주님께 돌아오게 한 영화.

시네마 천국

"영화는 현실이 아니야. 현실은 영화보다 훨씬 혹독하고 잔인하단다. 그래서 인생을 우습게 봐서는 안 된다." *필립 느와레(알프레도 역)의 대사*

나의 최고의 영화. 나의 노스탤지어. 열정과 유머를 간직했던 '알프레도'가 토토와 우리에게 주는 마지막 선물은, 지나간 날들에 대한 그리움과 추억, 그리고 인생에서 가장 중요한 것은 '사랑'이라는 것.

서편제

판소리에 우리의 삶과 한을 담은 이 영화는 내가 가장 존경하는 임권택 감독님의 93번째 작품이다.
"이제 소리에 한을 담지 말고, 한을 넘어서는 소리를 해라."
김명곤(유봉 역)의 대사

떠돌이 예술가인 주인공들의 삶 속에서 많은 것을 돌아보게 했던 영화. 한국 영화사에 가장 아름다운 음악을 선물했다.는 극찬을 받은 김수철 형님의 영화 음악은 충격일 만큼 새로웠다. '가장 한국적인 것이 가장 세계적'이라는 사실을 알려 주었던 거장의 작품이다.

신상

1971년에 제작된 인도 영화. 귀신 '신(神)'에 코끼리 '상(象)'. '신비로운 코끼리'라는 제목의 이 영화는 어릴 적 본 영화 중 가장 기억에 남는 영화. 어린 주인공과 아기 코끼리가 축구를 하다가 공을 하늘 위로 높이 차면, 카메라는 공을 쫓아 하늘로 올라간다. 이내 공이 떨어지면 성인이 된 주인공과 성장한 코끼리로 바뀌어 있는 모습이 어린 내 눈에는 어찌나 신기하던지. 보이는 것만 믿고 진실을 보지 못하는 사람들 때문에 코끼리가 죽게 되는데, 주인공을 살리면서 희생하는 라무(코끼리)의 죽음이 너무 마음 아팠던 영화다. 엉엉 울었던 영화! 꼭 간직하고 싶은 영화!

천국의 계단을 오르며

<천국의 계단>이라는 드라마 시놉시스를 받고 생각했다.

'나도 극 중 한태화처럼 사랑하는 사람을 위해 목숨을 바칠 수 있을까?'

답은 '그럴 수 없다'였다. 배우가 주어진 상황을 믿지 못하면서 어떻게 관객들의 마음을 움직일 수 있겠는가. 나는 믿지 못하면서 다른 이들에게 믿으라고 하는 것은 거짓이고 강요다. 그때 어머니가 생각났다. 어머니라면 내 목숨도 기쁜 마음으로 드릴 수 있다. 어머니도 내게 그럴 것이다. 어머니 없는 세상을 상상해 본 적이 없다. 어머니가 없었다면 나는 존재하지 않았을 것이다. 어머니의 기도가 없었다면 나는 여기에 있지 못했을 것이다. 어머니는 하나님의 은혜다.

어머니는 내가 처해 있는 상황에 꼭 맞는 성경 말씀을 들려주며 나를 가르치셨다. 고등학교 3학년 때, 집에서 독서실까지는 걸어서 30분. 어머니는 그 길을 늘 나와 함께하시며 성경 말씀을 들려주셨다. 힘들고 불안했던 그 시절, 날마다 듣는 30분 동안의 정금 같은 하나님 이야기는 내게 얼마나 큰 위로와 용기가 되었는지 모른다. 학력고사를 보러 가는 날, 어머니는 늘 쓰던 향수를 손수건에 뿌려 주며 말씀하셨다.

"시험을 보다가 지칠 때는 이 냄새를 맡아 봐. 네 뒤에서 기도하는 엄마가 있고, 언제나 너와 동행하겠다고 약속하신 너의 하나님이 계셔. 힘내, 내 사랑하는 아들아!"

그날 어머니는 내게 이 말씀을 들려 주셨다.

여호와는 나의 목자시니 내게 부족함이 없으리로다. 시편 23:1

이 구절은 지금까지도 내가 날마다 되새기는 말씀이다.

하루는 어머니가 바지 주머니 속에 쏙 들어가는 작은 '잠언 성경'을 구해 오셨다. 내 손에 쥐어 주며 하시는 말씀.

"남자는 잠언 말씀을 외우다시피 해야 해."
(휴~ 지키기가 너무 힘들어요.)

어머니는 지금껏 날 위해 모든 것을 희생하셨다. 나는 어머니의 사랑으로 하나님을 만났다. 그래서 어머니는 내가 살면서 만난 가장 큰 은인이다. 세상 전부를 준다 해도 늙고 초라한 어머니와 바꿀 수 없다. 어머니는 내가 살아 있는 이유니까.

최초의 맛에 대한 기억은 어머니가 만들어 주신 음식에서 시작된다. 맛은 추억이고 그리움이며, 맛을 느끼는 것은 가슴이다. 그러므로 가장 맛있는 음식은 모든 어머니의 숫자와 동일하다.

허영만, 《식객》

모든 것은 너무 빨리 시들어 버린다. 욕망마저 고갈되어 버리고, 끝내 남는 것은 뼈와 한줌의 먼지뿐. 그래도 한 가지 남는 것이 있다면 그것은 영원의 어머니, 슬프고도 무서운 사랑의 미소를 짓는 영원의 모상(母像)이다. 세계의 저 끝에서 꿈꾸듯 앉아 한 잎 한 잎 생명의 꽃잎을 따서 심연으로 끝없이 던지는 영원한 지인, 어머니!

헤르만 헤세

어머니라는 말은 왠지 슬프고 왠지 그립고 그리고 매우 든든하다.

시오 쇼메이

내가 엄마가 되기 전에는 언제나 식기 전에 밥을 먹었다. 얼룩 묻은 옷을 입은 적도 없었고, 전화로 조용히 대화를 나눌 시간이 있었다.

내가 엄마가 되기 전에는 원하는 만큼 잠을 잘 수 있었고 늦도록 책을 읽을 수 있었다. 날마다 머리를 빗고 화장을 했다. 장난감에 걸려 넘어진 적도 없었고, 자장가는 오래전에 잊었다. 내가 엄마가 되기 전에는 어떤 풀에 독이 있는지 신경 쓰지 않았다. 예방주사에 대해서는 생각도 하지 않았다. 누가 내게 토하고 내 급소를 때리고 침을 뱉고 머리카락을 잡아당기고 이빨로 깨물고 오줌을 싸고 손가락으로 나를 꼬집은 적은 한 번도 없었다. 엄마가 되기 전에는 마음을 잘 다스릴 수 없었다. 내 생각과 몸까지도. 울부짖는 아이를 두 팔로 눌러 의사가 진찰을 하거나 주사를 놓게 한 적이 없었다. 눈물 어린 눈을 보면서 함께 운 적이 없었다. 단순한 웃음에도 그토록 기뻐한 적이 없었다.

잠든 아이를 보며 새벽까지 깨어 있었던 적이 없었다. 아이가 깰까 봐 언제까지나 두 팔에 안고 있었던 적이 없었다. 아이가 아플 때에 대신 아파 줄 수가 없어서 가슴이 찢어진 적이 없었다. 그토록 작은 존재가 내 삶에 그토록 많은 영향을 미칠 줄 생각조차 하지 않았다. 내가 누구를 그토록 사랑하게 될 줄 결코 알지 못했다. 나 자신이 엄마가 되는 것을 그토록 행복하게 여길 줄 미처 알지 못했다. 내 몸 밖에 또 다른 나의 심장을 갖는 것이 어떤 기분일지 몰랐다. 아이에게 젖을 먹이는 것이 얼마나 특별한 감정인지 몰랐다. 한 아이의 엄마가 되는 그 기쁨, 그 가슴 아픔, 그 경이로움, 그 성취감을 결코 알지 못했다. 그토록 많은 감정들을.

내가 엄마가 되기 전에는….

작가 미상
영화 <마지막 선물>을 준비하며 읽은 시 중에

마지막 선물

예전에는 영화를 고를 때 '영화적인 영화'를 골랐다. 하지만 요즘은 인간의 본성을 비추는 영화를 고른다. <마지막 선물>도 그런 영화다. 무기수인 태주의 눈물겨운 자식 사랑을 그린 영화. 자식을 위해 모든 것을 주는 부모의 마음을 그린 영화. 하나님의 마음을 100억만 분의 1만큼이라도 이해할 수 있도록 해 준 영화.

나는 이 영화를 만드는 내내 아버지를 생각했다. 아버지를 통해 만난 하나님 아버지를 생각했다. 자식을 위해서라면 모든 것을 버리고 또 주시는 아버지의 크신 사랑에 눈물을 흘렸다. 하나님의 사랑이 있기에 얼마나 든든하고 행복한지….

내가 자전거를 처음 탔을 때 붙잡아 주던 손을 놓으며 너무나 기뻐하셨던 아버지의 모습이 지금도 생생하게 기억난다. 아버지의 두 손을 떠나 페달을 힘차게 밟았던 어린 아들이 이제는 세상이라는 험난한 자전거를 타고 있다. 아버지를 통해 만난 하나님과 함께 가고 있으니 불안하지 않다. 행복하기만 하다. 아버지가 가르쳐 주셨던 많은 것을 기억하며 달리고 있다. 아버지는 내 삶의 지도자이자, 친구이자, 스승이다.

전쟁터 같은 이 세상을 살아가려면 믿음과 사랑과 용기라는 무기가 필요합니다. 우리 아들이 이 무기들을 잘 사용할 수 있도록 도와주십시오. 우리 아들이 배워야 할 것은 너무도 많습니다. 제일 먼저 모든 사람들이 진실하지 않다는 것을 깨닫게 되겠지요. 못된 친구들 속에서도 영웅을 발견하고, 적들 중에서도 친구를 만날 수 있기를 바랍니다. 그리고 책 속에 숨어 있는 놀라운 세상을 만나고, 하늘의 새와 꿀벌과 들의 꽃을 보며 창조주의 신비를 체험하도록 해 주십시오.

자신이 옳다고 생각하는 것을 끝까지 지킬 수 있는 신념을 갖도록 가르쳐 주십시오. 사람들 말에 귀를 기울이되 진실을 가려낼 수 있는 지혜가 있고, 선한 것만 가슴에 담아 두는 사람이 되도록 가르쳐 주십시오. 슬플 때도 웃을 수 있는 사람이 되도록 가르쳐 주십시오. 그러나 눈물을 흘리는 것이 부끄러운 일만은 아니라는 것도 가르쳐 주십시오. 흉보는 말은 웃어넘기고, 아첨하는 말은 경계할 수 있도록 가르쳐 주십시오. 일하고 수고비를 받되 돈을 위해 마음과 영혼마저 팔지 않도록 가르쳐 주십시오. 또한 때를 기다릴 줄 아는 인내를 가르쳐 주십시오. 항상 자기 자신에 대한 믿음을 갖게 해 주십시오. 그래야만 다른 사람에 대한 믿음이 생기기 때문입니다.

A. 링컨

아버지

그를 통해 세상을 배웠고
그를 통해 멋지게 웃는 법을 배웠고
그를 통해 가족을 사랑하는 법을 배웠다.
그를 통해 바다같이 깊은 사랑을 알았으며
그를 통해 남자의 주름이 얼마나 멋있는 것인지 알았다.
그를 통해 당당함을 배웠고
그를 통해 친절과 겸손을 배웠다.
그를 통해 돈 버는 법을 배웠고
그를 통해 돈 쓰는 법도 배웠다.
그를 통해 침묵을 배웠고
그를 통해 희생을 배웠으며
그를 통해 인내를 배웠다.
그를 통해 외로움이라는 것을 알았고
그를 통해 남자의 눈물이란 걸 처음 보았다.
그를 통해 실패를 알았으며
그를 통해 도전을 배웠다.
그를 통해 나를 발견한다.
그의 아들임이 자랑스럽고
그와 닮아 가고 있다는 사실이 행복하다.
그는 나의 모든 처음을 본 사람이다.

하나님께 물들어 가다

병원에서는 이번에도 딸이라고 했다고 한다. 어머니는 딸 셋을 내리 낳고, 계속해서 딸이라는 소리에 아기를 연거푸 지워서 걷기 불편한 지경이 되셨다. 그런데도 할머니는 또 지우라고 했지만, 병원에서 이번마저 유산하면 산모가 위태롭다고 말리는 바람에 아기를 지우지 못했다. 다행히 오진이었다. 나는 당당히 고추를 달고 태어났으니까. 간호사가 아들이라고 말하며 고추를 보여 주었을 때, 갓 몸을 푼 어머니는 이렇게 말했다고 한다.

"아이, 괜찮아요. 그럴 필요 없어요. 내 딸 데려다 주세요!"

어머니는 내가 뱃속에 있을 때 지푸라기라도 잡는 심정으로 어느 유명한 스님과 함께 백일기도를 마치셨다고 한다. 그렇게 태어난 아들이 백일쯤 되던 무렵에 "딱 한 번만 가 보자!"는 친구 손에 이끌려 어머니는 처음 교회에 출석하게 되셨고, 놀랍게도 주님을 영접하셨다. 그 뒤 우리 가족 모두

독실한 그리스도인이 되었으니, 주님의 계획은 알 수 없는 일이다. 우리 부모님이 힘겹게 힘겹게 얻은 아들을 얼마나 귀하게 키우셨을지는 상상에 맡기겠다. 좌우간 난 곱게 자라났다. 문제는 내가 어려서 잘 없어졌다는 것이다. 잘난 아들 유괴라도 당했을까 봐 어머니가 마음 졸이며 나를 찾으러 다니면, 동네 사람들이 이렇게 말했단다.

"아이들을 모아서 어디로 데리고 가던데⋯."

어머니가 부랴부랴 찾아가 보면 내가 아이들을 전도해서 교회에 데리고 갔더란다. 어머니는 지금도 어려서 그런 내 모습을 무척 기특해하신다. 어려서 일이라 내 기억에는 없지만. 아무래도 나는 어려서부터 사람들과 몰려다니는 기질이 있었던 것 같다. 어려서부터 교회에서 자랐기 때문일까, 어머니가 늘 기도하시던 모습을 보고 자라났기 때문일까, 온 가족이 식탁에 둘러앉아 수저를 들기 전에 함께 기도하던 풍경 속에서 자랐기 때문일까, 어느 날 '하나님'이란 존재가 내게 다가오기 시작했다. 교회가 편안하고 성경 공부가 좋기는 했지만, 잠자리에 들기 전에 버릇처럼 기도하고 필요할 때만 기도하던 내게 말이다. 사랑하는 가족 뒤에서 더 든든하게 날 지켜 주고 계시는 하나님이 정말 느껴지기 시작한 것이다. 놀랍게도! 나는 특별한 계기가 있어서 그분을 만난 게 아니었다. 어느 순간 그분에게 물들어가기 시작한 것이다. 감색 교복을 입은 까까머리 중학생이었던 무렵부터, 지금까지.

당신의 빛나는 배우가 되기까지

하나님의 말씀대로 산다는 것은, 때에 따라 비구름이 동반된다

남자 배우가 최고로 찍고 싶은 CF는 화장품 광고가 아니다. 맥주 광고다. 출연료가 센 것도 그렇지만, 남성적인 매력을 멋지게 뿜어낼 수 있기 때문이다. 데뷔 시절부터 맥주 CF 모델 섭외가 정말 많이 들어왔다. 그동안 강한 남자 역할을 많이 했기 때문이다.

첫 출연작 <장군의 아들>에서는 일본 무사 하야시를, <은행나무 침대>에서는 "천 년을 하루같이 한 여자만 사랑한 남자가 있어!"라는 명대사를 날릴 줄 아는 완전한 남자 황 장군을 맡았고, 그 뒤에 <퇴마록>에서까지 열연을 했으니 말이다.

하지만 그렇다고 하나님의 자녀가 어떻게 술 광고를 찍을 수 있겠는가. 당연히 거절했다. CF 찍기에 가장 편하다는, 호텔에서 멋진 양복 입고 서 있기만 하면 된다는 카지노 광고도 어떻게 찍겠는가. 내가 하도 출연을 하지 않으니까, 광고주들이 출연료를 올리기 시작했다. 출연료가 올라가니까 겁이 났다. 견물생심이라고 돈 욕심이 날까 봐. 게다가 더 이상 가만 있었다가는 광고주들이 나를 건방지게 볼 것 같아 사실대로 밝히기로 했다.

"사실 제가 그리스도인이어서 술 광고는 안 찍습니다."

그랬더니 광고주들이 다들 어이없어 했다. 고작 그런 이유로 이제까지 안 찍었느냐면서. 하루는 차이니스 레스토랑에서 식사를 하는데, 지배인이 왔다.

"저, A 주류 회사 회장님이 지금 룸에 계시는데 현준 씨를 보고 싶어 하십니다. 이쪽으로 나오신다고 합니다."

나는 정신이 번쩍 들어 내가 안으로 들어가겠다고 했다. 회장님은 나를 보자 맥주에 양주잔을 넣어 폭탄주를 만드시더니, 한 잔을 쭉 들이킨 다음 말씀하셨다.

"그리스도인이라서 광고 안 찍었다면서… 나도 그리스도인인데 회사 접어야 하니? 술 파니까 문 닫을까?"

회장님의 유머에 나는 웃음이 나기 시작했다. 나는 회장님의 너스레에 넘어가서 술 광고를 찍기로 했다. 광고 계약서에 도장을 찍는데, 이상하게 찜찜한 기분이 들었다.

계약한 지 정확히 일주일 뒤, 사건이 터졌다. 입 한번 뻥긋할 기회조차 없이 나는 언론에 의해 매도 대상이 되고 말았다. 남들이야 어떻게 생각할지 모르겠지만, 나는 부인하려야 부인할 수 없었다. 이 사건은 분명 하나님이 술 광고를 계약한 것에 대해 내리신 심판이라는 사실을.

그때 나는 오히려 감사할 수 있었다.

'하나님이 나를 정말 사랑하시는구나. 나를 쓰려고 하시는구나!'

하나님의 자녀가 나쁜 길로 갈 때 하나님은 내버려 두지 않으시고 반드시 돌이키게 하시는 분이기 때문이다.

가끔 내가 하나님 앞에서 저질렀던 실수를 똑같이 반복하는 친구들의 이야기를 들을 때, 가슴이 아프다. 예수 그리스도를 믿는 사람들은 정말 조심해서 살아야 한다는 것을, 하나님이 지키라고 하신 것은 어떤 경우에도 잘 지켜야 한다는 것을 다시 말해 무엇하겠는가.

나는 하나님을 질투의 하나님이라고 생각한다. 하나님보다 누군가를 더 사랑할 때 하나님은 삐지신다. 어떻게 해서라도 하나님 곁에 가까이 오게 만드신다. 그 사실을 잊지 말길.

만일 하루에 일곱 번이라도 네게 죄를 짓고 일곱 번 네게 돌아와
내가 회개하노라 하거든 너는 용서하라 하시더라.

누가복음 17:4

회개

노아는 술 취한 사람이었고
아브라함은 너무 노쇠했고
이삭은 공상가였고
야곱은 거짓말쟁이였고
레아는 못생겼고
요셉은 학대받았고
모세는 말을 잘 못했고
삼손은 바람둥이였고
라합은 기생이었고
예레미야와 디모데는 너무 어렸고
다윗은 간음하고 살인했고
엘리야는 우울증 환자였고
요나는 하나님을 피해 도망갔고
나오미는 과부였고
욥은 파산했고
베드로는 그리스도를 부인했다.
…
그럼에도 하나님은 이들을 선택해 쓰셨다.

죄를 지었다고 해서 자신을 혐오하거나 미워해서 극한 상황까지 자신을 떨어뜨려서는 안 된다. 인간은 누구나 죄를 범한다.

똑같은 죄를 반복해서 지으면 안 되지만, 실수는 용서받을 수 있다. 하나님께 나의 죄를 알리고 회개하면 하나님은 우리의 죄를 씻어 주신다. 용서해 주신다.

슬럼프를 겪는다는 것

하나님의 은혜로 내게 닥친 사건은 잘 해석이 되었는데, 문제는 그 다음이었다. 그 사건이 터지기 전까지 그동안 그리스도인으로 살아오면서, 배우 생활을 해 오면서 한 번도 슬럼프가 없었다. 놀랍게도.

사건이 터진 이후 처음으로 슬럼프를 겪었다. 어디를 가도 나에 대한 가십만 내 귓가에 펑펑 울려 댔다. 진짜 힘들었다. 숨도 쉴 수 없을 만큼 가슴이 답답하고, 지금 내게 일어난 모든 일이 다 꿈이었으면 싶을 만큼 힘든 시간이었다. 나를 돌아보게 되었다. 내가 성공한 뒤로 기도에 게을렀다는 사실을, 하나님과 교회를 생각하는 시간이 많이 줄어들었다는 것을, 하나님이 주시는 마음을 늘 실천하지 못했다는 것을, 나를 이곳까지 인도하신 하나님께 감사하지 못하고 있었다는 사실을.

1년 스케줄을 넘어 2년 스케줄까지 계속 차 있었으니까, 일만 하면 됐으니까, 내가 교만해졌던 것이다. 사람들에게 건방을 떨거나 하지는 않은 것 같지만, 나도 모르게 많은 사람들한테 상처를 주기도 했을 테지. 하지만 나도 내게 상처 준 사람들을 용서하기는 힘들었다.

슬럼프에 빠져 있던 시간, 그 고난의 시간 동안 많은 것을 느낄 수 있었다. 그러면서 다시 성경을 붙잡게 되었다. 하나님께 매달렸다. 말씀을 펴면 하나님이 내게 속삭이셨다.

"현준아, 이 연단의 시간이 더 큰 축복의 시간이 될 거야. 소망을 가져."

그 무렵 감독하는 친구가 <무영검>이라는 영화를 찍자고 했다. 중국의 스튜어디스들도 모르는 오지에서 4개월이나 있어야 했다. 하나님이 이 시간 동안 내게 반드시 하실 말씀이 있으리라고 생각했다. 책 볼 시간이 많지는 않겠지만, 트렁크 하나에 책만 가득 넣어서 중국으로 떠났다.

중국 촬영 현장에 도착했더니, 신기하게도 노조가 생겼다. 예전에는 24시간도 마다하지 않고 일만 하던 사람들이 이제는 12시간 이상은 일하지 않았다. 그 바람에 내게는 너무나 많은 시간이 주어졌다. 책 보는 일밖에는 없는 행복한 현실을 즐기게 된 것이다. 촬영하면서도 이삼 일에 한 권 정도를 읽었으니 몇 년에 거쳐 읽어야 할 분량의 책을 그곳에서 읽은 셈이다. 주로 신앙 서적을 많이 읽었는데, 책을 읽다 보니 요셉의 이야기가 계속 나왔다. 마구잡이로 책을 챙겨 갔지, 특별히 요셉 이야기가 실린 책만 따로 모아 간 것도 아닌데… 아마도 하나님은 고난 중에 있는 나를 위로하고 싶으셨나 보다.

그때 나는 분명히 알았다. 하나님이 내게 이런 시간을 허락하신 데는 하나님만 아시는 분명한 목적이 있다는 것을. 링컨도, 오드리 헵번도, 성경에 나와 있는 모든 인물들도 다들 힘든 시간을 겪지 않았는가. 내게 이런 시간이 없었다면 다른 사람의 고통을 결코 이해하지 못했을 테지. 하나님이 내게 이런 시간을 주신 것은 다른 사람의 아픔을 안아 주라는, 내 마음을 자라게 하시려는 뜻이었을 것이다.

나의 이 고난이 나중에는 누군가에게 희망이 될 수 있으리라. 지금도 제발 시험에 들지 않게 해 주시라고 기도하고 있다. 나는 하늘에 속한 사람이기보다는 세상에 속한 사람이고, 세상과 제일 가까운 일을 하는 사람이어서 언제 어떻게 시험에 걸려들지 알 수 없는 일이다. 하지만 이제는 내게 다시 힘든 시간이 온다 해도 잘 이겨 낼 수 있을 것 같다. 하나님은 이미 내게 힘든 시간을 예비할 수 있는 마음의 여유를 주셨기 때문에.

너희의 적을 사랑하라.
그러면 너희에게 적이 사라지게 될 것이다.
열두 제자의 가르침

베드로가 예수께 와서 물었습니다.
"주여, 제 형제가 제게 죄를 지으면 몇 번이나 용서해야 합니까?
일곱 번까지 해야 합니까?"
예수께서 대답하셨습니다.
"내가 너희에게 말한다. 일곱 번만 아니라 일흔 번씩 일곱 번이라도
용서해야 한다."
마태복음 18:21-22, 《우리말성경》

하나님이 당신을 어느 곳에 데려다 놓든 그곳이 바로 당신이 있어야 할
곳이다.
마더 테레사

어찌하여 무서워하느냐 믿음이 작은 자들아.
마태복음 8:26

먼저 손을 내민다는 것

당시 가장 유명했던 변호사 에드윈 스탠턴은 늘 링컨을 모욕하고 무시했다. "여러분, 우리는 고릴라를 만나려고 아프리카에 갈 필요가 없습니다. 일리노이주 스프링필드에 가면 링컨이라는 고릴라를 만날 수 있습니다."

대통령이 된 링컨은 자신을 늘 무시하고 조롱했던 스탠턴을 국방부 장관으로 임명했다. 링컨의 모든 참모들이 임명을 재고해 달라고 건의했다. 그러자 링컨은 말했다.

"스탠턴은 남북전쟁을 훌륭히 극복할 수 있는 실력과 추진력을 갖춘 사람입니다. 그리고 하나님은 원수를 사랑하라고 하셨습니다. 이 말은 곧 '원수를 사랑으로 녹여 친구로 만들라'는 말씀입니다. 그 사람은 이제 나의 적이 아닙니다. 나는 적이 없어지고, 능력 있는 사람의 도움을 받을 수 있게 되어서 일석이조가 되었습니다."

그 뒤 스탠턴은 링컨을 가장 존경하는 사람이 되었다.

내가 이 세상에서 제일 존경하는 인물, 링컨. 링컨의 이 용서하는 마음을 닮을 수 있다면.

용서는 말처럼 쉽지 않다. 우리가 살아가면서 부딪히는 그 어떤 것보다 어려운 일인 것 같다. 하지만 용서할 수만 있다면 진정한 자유와 평화를 얻을 수 있는 것은 분명하다. 누군가 우리에게 잘못을 저질렀을 때 우리가 복수를 선택했다면 우리의 삶은 분노로 타오를 것이다. 앙갚음을 했다 하더라도 남는 것은 공허뿐이다. 하지만 용서는 우리를 앞으로 나아가게 한다. 용서는 하나님의 선물이며 은총이다.

"Forgive that you may be forgiven(용서를 받으려면 용서하라)."

용서도 중요하지만 용서를 구하는 것이 더 중요하다. 먼저 용서를 구할 때 엄청난 화해가 이루어지기 때문이다! 그 사람보다 먼저 손을 내밀어 보자. 그 사람보다 먼저 "미안해" 하고 말해 보자. 그 사람보다 먼저 "사랑해"라고 말해 보자. 무엇 때문에 싸웠는지 까맣게 잊은 채 서로의 웃는 모습을 보게 될 것이다.

모든 겸손과 온유로 하고 오래 참음으로 사랑 가운데서 서로 용납하고.
서로 친절하게 하며 불쌍히 여기며 서로 용서하기를 하나님이 그리스도
안에서 너희를 용서하심과 같이 하라. 그리스도께서 너희를 사랑하신
것같이 너희도 사랑 가운데서 행하라. 너희가 전에는 어둠이더니
이제는 주 안에서 빛이라 빛의 자녀들처럼 행하라.
에베소서 4:2, 4:32, 5:2, 5:8

나와 다른 사람을
껴안아 주기

세상을 살다 보면 화나는 일이 많이 생긴다. 미운 사람도 생기기 마련이다. 모임이나 여러 사람들이 함께하는 자리에서는 왜 항상 나와 반대 성향을 가진, 나와 꼭 어긋나는 사람들이 있는 걸까?

그런데 하나님은 서로가 서로를 불쌍히 여기고 안아 주고 좋은 점을 보려고 애쓰고 대화하고 기도하면, 오히려 더 좋은 관계로 발전할 수 있다고 하신다.

세상에 완벽한 사람은 아무도 없다. 그러기에 우리는 서로가 서로를 채워야 한다. 배우가 스크린 안에서 돋보일 수 있는 것도 그 뒤에 많은 스텝들의 사랑과 노력이 있기 때문이다. 세상에 자기 혼자 힘으로 되는 것은 아무것도 없다. 서로를 환하게 비춰 주는 해바라기처럼 우리도 서로서로 불쌍히 여기며 감싸 안아야 한다.

지금 내 옆에 있는 사람은 그저 평범한 사람이 아니다. 우연이 아니라 하나님이 내게 보내 주신 천사요, 사자다. 내 옆을 그냥 스쳐 지나가는 사람은 없다. 하나님이 내 옆으로 보내신 이유가 있다. 내게 도움을 줄 사람, 내 도움을 필요로 하는 사람, 나를 통해 하나님을 만나려 하는 사람.

오늘 내 주변을 돌아보라.

네 원수가 넘어질 때에 즐거워하지 말며
그가 엎드러질 때에 마음에 기뻐하지 말라.
네 원수가 배고파하거든 음식을 먹이고 목말라하거든 물을 마시게 하라.
잠언 24:17, 25:21

세상은 수많은 돌로 지은 돔과 같은 것이다.
만약 하나하나의 돌이 서로에게 기대지 않는다면
돌은 이내 허물어지고 말 것이다.
성현의 사상

무엇보다 자기 자신에게 진실하면
어떤 사람과의 관계에서도 실패하지 않을 것이다.
셰익스피어

분노하지 않기

징기스칸이 친구처럼 아끼고 사랑하는 매가 있었다. 사냥을 할 때마다 매와 오랜 시간을 함께 다녔다. 하루는 사냥을 마치고 돌아오는 길에 목이 말라 바위 틈에서 떨어지는 샘물을 손으로 받아 마시려 했다. 그러자 갑자기 매가 그의 손을 치며 물을 마시지 못하게 방해했다.

결국 그 때문에 손에 상처까지 입자 징기스칸은 화가 나서 자신의 칼로 매를 내리쳤다. 그는 죽은 매를 치우면서 바위 위를 올려다보게 되었다. 거기에는 죽은 독사의 시체가 샘물 안에서 썩고 있었다.

내 사랑하는 형제들아 너희가 알지니
사람마다 듣기는 속히 하고 말하기는 더디 하며 성내기도 더디 하라
사람이 성내는 것이 하나님의 의를 이루지 못함이라.
야고보서 1:19-20

지금 당장 분노를 가라앉힐 수 없을 때는 침묵하라.
잠시 침묵하다 보면 이윽고 마음도 가라앉을 것이다.
박스터

누군가 너희를 슬프게 하거나 모욕을 줄 때는 흥분이 가라앉기 전에는
반박하지 말 것이며, 꼭 해명해야 할 필요가 있을 때는 무엇보다 먼저
자신의 정신적 동요부터 가라앉혀라.
성현의 사상

한없는 부드러움은 위대한 사람들의 천성이자 재산이다.
존 러스킨

고난에 대처하는
우리의 자세

한 작가가 있었다. 독자들은 이 사람의 글을 좋아했으나, 교만하고 문란한 그의 사생활을 질타했다. 많은 지인들이 충고했지만, 그는 고치지 않았다. 그러던 어느 날 그가 가장 사랑하는 딸 '레오폰디스'가 물에 빠져 죽고 말았다. 그는 오열하며 말했다.

"내 죄악에 대한 하늘의 심판이다. 죽은 것은 내 딸이 아니라 죄를 짓고도 깨닫지 못한 나다."

그는 충고를 받아들이지 않았던 자신을 후회하며 낮아지기 시작했다. 근신했다. 그는 자신의 과거를 돌아보며 〈레미제라블〉이란 글을 쓰기 시작했다. 프랑스의 대표 작가 **빅토르 위고**의 이야기다.

고난은 복이다. 고난은 큰 영광을 가져다준다. 하나님은 하나님의 일에 쓰실 자들을 고난으로 연단하신다. 많은 영적 소득은 고통, 상처, 갈등, 혼동, 실망을 겪으며 얻어진다.

고난의 시간은 하나님이 우리를 단련시키고 정금같이 만드시는 시간이다. 하나님을 더 의지하며 더욱 큰 믿음으로 성장할 수 있게 만들어 주시는 시간이다. 성서의 많은 인물이 그랬던 것처럼 더 큰 은혜와 축복을 위해 준비시키시는 시간이다. 나를 향한 하나님의 계획과 인도하심을 조금씩 알아가는 시간이다. 그 시간을 감사하며 묵묵히 이겨 내야 한다.

하나님은 우리가 버틸 수 있을 만큼의 고통만을 주신다. 하나님을 믿는 사람은 어떠한 위기와 고난과 실패에도 절망하지 않는다. 우리를 이기게 해주시는 하나님이 있기 때문이다. 우리가 고난을 이겨 내는 것이 아니라 하나님이 이기게 해 주신다. 하나님과 동행한 사람은 이미 승리한 사람이다. 하나님의 능력은 결코 약해진 것이 없다. 다만 하나님의 능력을 믿는 우리의 믿음이 약해져 늘 문제인 것이다. 바른 믿음에는 언제나 결과가 있다. 큰 믿음에는 언제나 증거가 있다. 삶의 모든 기적은 믿음이란 터널을 통해서 온다. 지금 내가 좌절감에 사로잡혀 있다면 이런 사람들을 생각해 보라.

부모님은 결핵에, 네 명의 형과 누이들은 장애에 시달리는 상황에서 가족과 조카들마저 부양하며 지치고 고단한 삶을 살았던 사람. 음악가의 생명이라고 할 수 있는 청력까지 잃었던 사람. 그의 이름은 **베토벤**. 평생을 불구의 몸으로 살았던 여자. 멕시코를 대표하는 초현실주의 화가. 그녀의 예술적 동반자인 디에고 리베라와의 힘든 사랑 속에서도 서로의 이념과 예술을 교감하며, 죽을 때까지 고통과 좌절 속에서 빛나는 예술혼을 불태운 아름다운 예술가. 그녀의 이름은 **프리다 칼로**.

고아원에서 자란 타미는 형과 헤어져 양부모에게 입양되었다. 문제아였던 그는 중학교에서 퇴학당했다. 어느 날 그는 고아원에서 자기를 지도해 준

베라다 수녀님을 만났다. "용기를 잃지 말거라. 하나님은 너를 절대로 버리지 않으신다. 타미야!" 타미는 그 뒤 작은 가게에 취직하여 열심히 일을 배웠다. 그는 나중에 이 조그만 가게에서 배운 기술로 '도미노 피자'라는 피자 체인점을 만들었다. 그의 이름은 도미노 피자를 창업한 **토머스 모나한**.

우리가 환난 중에도 즐거워하나니 이는 환난은 인내를, 인내는 연단을,
연단은 소망을 이루는 줄 앎이로다.

로마서 5:3-4

현재의 고난은 장차 우리에게 나타날 영광과 비교할 수 없도다.

로마서 8:18

인간의 역사는 사소한 일들을 바꾸는
수없이 많은 용기와 믿음으로 이루어져 간다.

로버트 케네디

내가 성공한 이유는 다른 사람들보다 실패를 많이 경험했기 때문이다.
나는 실패할 때마다 실패에 담긴 하나님의 뜻을 배웠고,
실패를 나의 성장 계기로 활용했다.

A. 링컨

아픔은 자격증이다

수없이 많은 시간 중에 버릴 시간은 하나도 없다. 그 시간이 행복한 시간이었거나 오해와 수모의 시간이었거나, 또는 예상치 못한 방향으로 가고 있을지라도 그 시간 속에서 우리는 성숙할 수 있다. 힘든 시간에 하나님 말씀을 붙들고 잘 이겨 내면 그 힘든 시간이 디딤돌이 되어 조금 더 앞에 서 있는, 발전한 나를 발견할 것이다. 하나님은 우리에게 큰 축복을 주시기 전에 먼저 고난을 주신다. 이 시간을 잘 견뎌 내면 하나님 앞에 한 걸음 더 가까이 가 있음을 느끼게 될 것이다.

고난을 당한 사람이 고난 당하고 있는 사람을 위로할 수 있다. 괴로움을 겪는 사람에게는 괴로움을 경험한 사람만이 위로가 될 수 있다. 괴로움을 극복한 인생 그 자체가 많은 사람들에게 나침판이 되고 힘이 될 수 있다. 나중에 내가 경험했던 모든 일이 힘든 시기를 겪고 있는 사람들에게 큰 용기와 비전을 줄 것이다. 불행을 맛보았던 채플린이기에 우리에게 눈물과 웃음과 페이소스를 줄 수 있지 않았을까?

그가 시험을 받아 고난을 당하셨은즉
시험받는 자들을 능히 도우실 수 있느니라.

히브리서 2:18

내가 맛보았던 불행과 불운이 무엇이었든, 원래 인간의 행운과 불운은
저 하늘에 떠다니는 바람 같아서 결국은 바람 따라 달라지는 것에
지나지 않는다. 그렇게 생각하니 나는 불행에도 그다지 충격을 받지
않았으며, 행운에는 오히려 순순히 놀라는 게 보통이었다.
현명한 사람이든 어리석은 사람이든 인간이란 모두 괴로워하며 살아갈
수밖에 없다.

찰리 채플린

하나님은 미쁘사 너희가 감당하지 못할 시험당함을 허락하지 아니하시고
시험당할 즈음에 또한 피할 길을 내사 너희로 능히 감당하게 하시느니라.

고린도전서 10:13

주님을 믿을 때 고통은 오히려 창조적 능력으로 변한다.
나의 불행은 나 자신을 변화시키며 다른 사람을 고쳐 줄 수 있는 기회가 된다.

마틴 루터 킹

인생은 절망의 반대편
에서 시작된다

한 상점에 불이 나서 다 타 버렸다. 다음 날 문 앞에 쪽지가 붙어 있었다.

"상점은 다 탔습니다. 그러나 희망은 타지 않았습니다. 내일 다시 문을 열 겠습니다."

우리가 있는 이곳은 성공과 실패가 공존한다. 흔히 성공은 긍정적인 것, 실패는 부정적인 것이라고 생각한다. 하지만 실패의 시간이야말로 우리에게 성공 그 이상의 것을 가져다준다. 이 시간을 통해 내적으로 성장하고 깨달음을 얻을 수 있다. 성공을 위해 실패에서 배우라. 곧 아름답게 성장한 자신을 만날 수 있을 것이다. 성공한 사람들은 모두 실패를 경험한 사람들이고, 실패를 두려워하지 않는 사람들이며, 실패를 준비하는 사람들이다.

인생은 절망의 반대편에서 시작된다. 모든 것에는 때가 있다. 지금 너무 힘들다고 절망하지 말라. 우리 삶에서 날마다 일어나는 모든 일은 우연히 생기는 것이 아니다. 우리가 알아야 할 무언가를 가르치려고 하나님이 주신 것이다.

희망을 버리지 말라. 새롭게 시작하라. 용기를 내라. 지금보다 더 큰 축복이 기다리고 있는 게 분명하다. 절망 속에서도 희망과 꿈을 잃지 않고 기다리는 법을, 인내하는 법을 배우자. 앞으로 승리할 것이라는 하나님의 약속과 비전을 믿고 힘차게 일어나라! 힘내자! 최후에 웃는 자가 승리자니까!

세상 모든 사람이 상처를 받지만,
많은 사람들은 상처를 통해 더 강해진다.
헤밍웨이

너희가 전에는 어둠이더니
이제는 주 안에서 빛이라 빛의 자녀들처럼 행하라.
에베소서 5:8

나는 실패한 것이 아니라
실패에 대처하는 방법을 배우는 중입니다.
대학 입시에 떨어진 고3 수험생을 모델로 한 어느 통신사의 광고 카피

풍랑 속의 깨달음 하나

영화 속에서 내가 표현해야 하는 인물이 심해 잠수사여서 스쿠버다이빙을 배우게 되었다. 그러면서 물속이라는 또 다른 세계, 또 다른 우주를 알게 되었다. 하루는 배를 타고 숙소로 돌아가는 길에 풍랑을 만났다. 무서웠다. 순간 이런 생각이 들었다. '모두 잘살려고 바둥거리며 살아간다. 그런데 자연 앞에서 우리는 아무것도 아니구나. 왜 나는 이제껏 지금 내 모습에 감사하지 못하며 살아왔을까?'

지금까지 살아오면서 주님의 뜻 안에서 내가 좋아하는 일을 직업으로 삼는 행복도 누릴 수 있었고, 목표했던 바를 이루기도 했다. 하지만 산이 높으면 계곡도 깊다고 했던가? 시간이 지날수록 채워지지 않는 무언가가 있었다. 왜 그런지 만족할 수 없었고, 현재에 감사하지 못했다. 그날 밤 폭풍우 속에서, 하나님이 지으신 위대하고 경이로운 자연 앞에서 나는 너무도 연약한 존재에 지나지 않는다는 것을 알았다.

현재, 이만큼의 내가 있는 것도 나의 일상생활도 모두 하나님 손에 달려 있었다. 하나님이 주신 지금 나의 위치, 나의 일, 나의 것에 진심으로 감사할 수 있게 되었다.

난 부탁했다. 나는 신에게 나를 강하게 만들어 달라고 부탁했다. 내가
원하는 모든 걸 이룰 수 있도록.

하지만 신은 나를 약하게 만들었다. 겸손해지는 법을 배우도록. 나는
신에게 건강을 부탁했다. 더 큰 일을 할 수 있도록. 하지만 신은 내게
허약함을 주었다. 더 의미 있는 일을 하도록. 나는 부자가 되게 해
달라고 부탁했다. 행복할 수 있도록. 하지만 난 가난을 선물로 받았다.
지혜로운 사람이 되도록. 나는 재능을 달라고 부탁했다. 사람들의
찬사를 받을 수 있도록. 하지만 난 열등감을 선물로 받았다. 지혜로운
사람이 되도록. 나는 신에게 모든 것을 부탁했다. 삶을 누릴 수 있도록.
하지만 신은 삶을 선물했다. 모든 것을 누릴 수 있도록. 나는 내가
부탁한 것을 하나도 받지 못했지만 내게 필요한 모든 걸 선물로 받았다.
나는 작은 존재임에도 신은 내 무언의 기도를 다 들어주셨다.
모든 사람 중에서 나는 가장 축복받은 자다.

뉴욕의 신체장애자 회관에 적힌 시

십자가와 햇살

영화 <맨발의 기봉이>의 마지막 장면을 촬영하고 있을 때였다. 여의도 한강 고수부지에서 마라톤 시합 장면을 찍는데, 한강이 얼 정도로 추운 날씨였다. 촬영 당시 계절은 한겨울이었지만 영화 속 계절이 가을이어서 다들 매우 얇은 의상을 입고 촬영해야 했다. 엑스트라가 500명쯤은 있어야 하는데, 300명이 추위를 견디지 못하고 도망가는 바람에 그날은 도저히 찍을 수가 없었다.

출연료를 더 올려 주기로 하고 다음 날 찍기로 했다. 슬프게도 그 다음 날은 전날보다도 더 추웠다. 기봉이 역을 맡은 나는 체형이 좋게 보이면 안 되니까 마라톤복 안에 내복 하나 껴입을 수가 없었다. 날은 춥고. 2년 동안 기봉이 아저씨처럼 뒤틀린 몸으로 살다 보니 허리 통증도 왔다. 맨발로 뛰어다니다 보니 무릎 관절도 나빠져서 날마다 침을 맞고 있을 때였다. 몸이 말이 아니었다. 몸이 말을 듣지 않았다. 뼈가 시릴 만큼 추운 날씨에 4개월

동안 쉬지 않고 달려온 나는 흔들리기 시작했다. 자꾸만 따뜻한 차에 가서 쉬고 싶어진 것이다.

'너도 잠깐이라도 따뜻한 차에 가서 쉬어. 괜찮아. 넌 주인공이잖아.'
'출연진들도 도망가고 없고 몸도 불편한데 하루 쉬자고 해!'

누군가 자꾸만 내 귓가에 속삭였다. 이제껏 나는 촬영장에서 주연 배우라고 편한 데 가서 쉬어 본 적이 한 번도 없었다. 나는 아직도 해가 저물면 조명을 들고, 촬영 장소를 이동할 때면 짐을 운반한다. 영화 밥을 20년 넘게 먹은 주연 배우가 이렇게 몸을 부린다는 걸 좋게 생각하는 사람이 많다.

내가 이렇게 하는 건 좋게 보이려고 해서가 아니다. 내가 배운 영화는 이런 거였기 때문이다. 내가 영화를 사랑하는 법은 이렇기 때문이다. 사실 영화 촬영 현장의 꽃은 감독과 주연 배우다. 아무리 힘들고 어려운 일이 있어도, 감독과 주연 배우가 웃으면 스텝들도 다 웃고 일한다. 별일이 없어도 감독과 주연 배우가 인상을 찌푸리고 있으면 스텝들의 감정도 하향 곡선을 그리기 시작한다.

연기를 잘하는 것보다 더 중요한 것은, 이들과 나는 영화를 사랑하는 한 가족임을 아는 것이다. 주연 배우가 자기 한 몸만 챙기기 시작할 때, 영화의 하나 됨은 깨진다. 촬영장은 오합지졸이 된다. 하지만 그날은 정말이지 내 몸을 챙기고 싶었다. 다들 들어가서 쉬라고 했다. 누군가의 속삭임을 따라 차로 들어서려는 순간, 이상한 생각이 들었다.

'아, 내가 나약해진 것 아닌가?'

나는 발걸음을 멈추고, 추운 데서 벌벌 떨고 있는 엑스트라들을 쳐다보려고 뒤를 돌아보았다. 그런데 갑자기 촬영장 뒤로 순복음교회의 십자가가 또렷이 보이는 게 아닌가. 그 순간 하나님의 음성이 내 귀에 울렸다. 짧지만 또렷하게. "이 정도 고통도 이겨 내지 못하면서 어떻게 장애인들의 고통을 표현할 수 있겠니?" 부끄러웠다. 처음 이 영화를 준비할 때의 마음을 되새겼다. 그때 하늘 저편의 교회 십자가 너머에서 촬영 현장으로 햇살이 눈부시도록 강렬하게 뻗어 나오는 게 아닌가. 하나님은 더욱 생생한 목소리로 말씀하셨다.

"나는 너를 사랑한다. 이겨 내라."

그때부터 나는 정말이지 춥지가 않았다. 촬영을 무사히 마칠 수 있었다.

'주님, 주님이 제게 주신 직분을 사랑합니다. 주님이 주신 이 현장을 너무너무 사랑합니다. 이곳에서 주님이 계획하신 모든 것을 저를 통해 이룰 수 있게 능력 주시고, 그리스도인의 향기를 나타낼 수 있게 해 주세요. 언제나 부족한 저와 함께해 주시는 주님, 감사합니다. 사랑합니다.'

난 현장을 사랑한다. 하나님이 내게 주신 곳.

너는 언제 어느 때나 모든 행위에서 정의에서 벗어나지 않도록,
어느 때나 너에게 다가올 운명을 조용히 받아들이도록 노력하라.
그렇게 살면 너는 세상 사람들의 어떠한 험담과 비방과 유혹도
태연하게 대할 수 있다. 그리고 또 너에게 닥칠지도 모르는 온갖 불행도
하찮은 것으로 여길 것이다. 그러한 삶에서 너의 모든 소망은 하나님의
뜻을 실천하려는 오직 하나의 소망으로 융합되기 때문이다.
마르쿠스 아우렐리우스

낮은 자리에 앉기

하루는 링컨 대통령이 허리를 굽혀 구두를 닦고 있었다. 그 모습을 보고 비서가 놀라자, 링컨 대통령은 이렇게 말했다.

"모든 일에는 귀천이 없는 것이네. 그리고 대통령이 구두를 닦고 있는 것이 아니라 구두닦이가 대통령이 된 걸세."

링컨이 대통령 유세를 나갔다. 한 여학생이 링컨을 보고 말했다.

"아저씨는 광대뼈도 튀어나오고 인상이 나쁘니, 수염을 길러 보세요. 수염을 기르면 인상이 부드러워 보일걸요."

링컨은 그 어린 여학생의 이야기를 듣고 수염을 길렀다.

수염을 기르고 보니 여학생의 말대로 인상이 편안해 보였다. 링컨은 대통령이 되어서도 그 여학생을 만나 자문을 구했다. 자신의 위치와 상관없이 자신보다 어린 사람의 말도 주의 깊게 듣는 링컨 같은 사람은 흔하지 않다. 그랬기 때문에 그는 세기의 위인이 되었을 것이다. 나는 링컨처럼 겸손한 사람이 되고 싶다.

나는 미키 루크의 팬이었다. <나인 하프 위크>라는 영화 때문이었다. 그가 나오는 영화들을 일등으로 죄다 섭렵했을 만큼 그를 좋아했다. 얼마 전 미국에서 그를 우연히 만났다. 그런데 그는 많이 망가져 있었다. 부와 명예가 가져다주는 쾌락에 빠져 지냈다고 한다. 나의 꿈이었던 배우가 추락한 모습에 가슴이 아팠다. 점점 더 멋있어지는 배우가 있고 점점 초라해져 가는 배우가 있다. 성공하기는 정말 힘들다. 하지만 그것을 지키는 것은 더욱 힘들다. 조금만 방심해도 세상에는 유혹이 너무도 많다. 하나님 말씀을 늘 가슴에 새기며 살아야겠다. 사람은 고난을 당할수록, 패배를 거듭할수록 강해진다. 이런 시간을 통해 성공할 수 있다. 하지만 우리는 고통의 시간을 금세 잊어버리고 성공한 것만을 기억한다. 성공은 사람을 방심케 하고 교만하게 할 수 있으며 타락하게 만들 수 있다.

좋을 때 더욱 조심하며 살아야 한다. 좋을 때 사탄이 틈탄다. 좋을 때 기도를 게을리 한다. 좋을 때 늦잠을 자고 하나님께 드리지 않는다. 좋을 때 방황하게 된다. 하나님이 우리를 시험하시는 기간일 수도 있다. 좋을 때일수록 더욱 겸허한 마음으로 주님께 감사하며, 이 순간이 왜 있는지를 다시 한번 되새겨야 한다.

명성은 자신이 구해서 얻어지는 것이 아니라 다른 사람들에 의해서 주어지는 것이다. 사람은 남에게 인정받을수록 겸손해야 한다. 그래야만 내 것을 지키고 유지하며 더 발전할 수 있다. 내가 여기까지 어떻게 왔는지 잊어버리지 말자. 칭찬은 사람에게 있지 않고 하나님께 있다. 그러므로 우리는 자기를 사랑하는 교만을 버리고 겸손한 마음을 찾아야 한다. 자신의 명예와 사회적 위치에 자만하여 교만하지 말라. 사람이란 하나님의 도움 없이는 한 치 앞도 내다보지 못하는 연약한 존재임을 기억하라.

예수님께서 초대받은 손님들이 서로가 윗자리를 차지하려는 것을
보시고, 비유를 들어 말씀하셨습니다. "어떤 사람의 결혼 잔치에
초대받았을 때 윗자리에 앉지 마라. 혹시 너보다 귀한 손님이
초대받았을 경우, 너희를 잔치에 초대한 주인이 와서 말할 것이다.
'자리를 이분에게 내주십시오.' 그러면 너희는 부끄러워하면서
끝자리로 내려가야 할 것이다. 너희가 초대를 받으면 끝자리로 가서
앉아라. 그러면 너를 초대한 주인이 와서 말할 것이다. '친구여,
윗자리로 올라 앉으시오.' 그러면 다른 모든 잔치 손님들이 보는 앞에서
영광을 얻을 것이다. 자신을 높이는 사람은 낮아지고, 자신을 낮추는
사람은 높아질 것이다."

누가복음 14:7-11, 《쉬운 성경》

주 앞에서 낮추라 그리하면 주께서 너희를 높이시리라.

야고보서 4:10

신앙생활에서 가장 중요한 것은 첫째도 겸손이요, 둘째도 겸손이요,
셋째도 겸손이다.

성 아우구스티누스

사람이 교만하면 낮아지게 되겠고 마음이 겸손하면 영예를 얻으리라.

잠언 29:23

겸손은 조용하다

가장 위대한 겸손은 자신이 아무것도 아님을 깨닫는 것이다. 지금껏 받은 모든 것은 다 하나님의 것이고 그분의 선물이라는 것을 아는 것이다. 내가 만난 유명한 사람들치고 겸손하지 않은 사람이 없었다. 그랬기 때문에 누구나 그 사람의 이름을 알 수 있을 만큼 유명해진 것 같다. 항아리 속에 든 한 개의 동전은 시끄럽게 소리를 내지만, 동전이 가득 찬 항아리는 조용하다.

이승엽
팀 훈련이 끝나고도 숙소 근처 골목에서 스윙 연습을 하고 있는 사진을 봤다.

성룡
촬영을 마치고 모두 떠난 현장에 남아 쓰레기를 줍는 성룡. 후배들을 위한 배려라고 했다. "성룡이 촬영했던 현장이 더러우면 다른 사람이 촬영한다고 할 때 이 장소를 다시 빌려 주겠습니까?" 고개가 숙여진다.

안성기

우리나라 배우 중 최고 몸짱이 누구냐면 안성기 선배님이시다. 일과 생활 모두 닮고 싶은 분. 철저한 자기 관리와 노력을 게을리 하지 않는 모습은 언제나 후배들에게 귀감이 된다!

앙드레 김

패션쇼 때 무대 뒤에서 모델을 돕고 의상을 체크하는 수많은 사람들이 있다. 그들이 발견하지 못한 실밥 하나도 선생님은 지적해 내신다. 무대 뒤에서 그는 최고의 디자이너가 아니라 단지 옷을 사랑하는 일꾼이었다.

유덕화

마카오에서 파티를 하는데 갑자기 비가 왔다. 매니저가 우산을 구해 와서 유덕화에게 씌워 주었다. 그러자 유덕화는 그 우산을 내게 씌워 주었다. 손님이 비를 맞으면 안 된다고 하면서. 자신은 비를 맞으면서.

알랭 들롱

베를린 영화제 기간에 지나가던 알랭 들롱을 보고 술에 취한 동양의 노인이 달려들었다. 주변에 있던 경호원들이 노인을 밀어냈다. 알랭 들롱은 경호원들에게 괜찮다고 하면서 노인에게 다가갔다. "어느 나라에서 오셨어요? 저를 기억해 주시니 고맙습니다." 먼저 손을 내밀어 악수를 청했다. 역시 멋진 분!! 남자의 주름이 얼마나 매력 있는지를 다시 한 번 느끼게 해 준 분이다.

스티비 원더

그의 스태프가 나를 한국의 영화배우라고 소개하자, 그가 말했다 "당신 영화 많이 봤다. 당신 팬인데 실물이 영화보다 못하네." 앞을 보지 못하면서도 농담을 날릴 줄 아는 여유 있는 그의 모습에서 따뜻함이 느껴졌다.

임권택 감독님

오래전 시골의 작은 여관에서 스태프가 묵고 있었다. 새벽 5시쯤 갈증이 나서 일어났는데, 문틈으로 책을 보시는 감독님의 모습을 봤다. 감독님의 독서량은 어마어마하다.

그러므로 하나님의 능하신 손 아래에서 겸손하라
때가 되면 너희를 높이시리라.
베드로전서 5:6

하나님 앞에 서 있음으로 나는 아무것도 아니고,
하나님이 모든 것이 되시기를.
당신 앞에서 내가 어린아이처럼 될 수 있기를.
조나단 에드워즈

술과 아토피와 회개

외국에서 촬영할 때 일이다. 촬영을 마치고 들어간 음식점에 반갑게도 한국 유학생이 아르바이트를 하고 있었다. 다들 음식과 함께 시원한 맥주를 시켰다. 학생은 주문을 받고 갔다가, 잠시 뒤 다시 돌아왔다.

"신현준 씨 그리스도인이라고 들었는데, 죄송해요. 드실 음료 주문을 안 받은 것 같아서요! 술 안 하실 거잖아요?"

정말 심하게 창피했다. 그리스도인으로서 믿지 않는 사람에게 덕이 안 되는 일인 걸 알면서도, 사실 나는 아직 한 달에 두어 번은 술을 마신다. 영화판이 거칠어서도 아니고(사실 영화 일은 전혀 거칠지 않다) 술이 너무 좋아서도 아니다. 다만 내가 술을 배웠기 때문에 술자리를 마다하기가 쉽지 않은 것뿐이다. 나는 술을 늦게 배웠다. 대학교 때 수업 때문에 과 모임에 늦게 갔다. 지각했으니 네가 마시라고 선배들이 말했다. 선배들에게 "전

그리스도인이라서 술 안 마셔요."라고 말했으나, 양주에 소주에 뭔가를 잔뜩 섞은 술 한 대접이 이미 내 앞에 당도했다. 나는 그걸 마시고 그대로 쓰러졌다. 태어나서 처음 술을 마셨으니. 쓰러져 있는데 어떤 선배가 내 입속에 뭘 넣어 주었다.

'그래도 선배라고 빈속이라고 챙겨 주는구나.'

나는 넙죽 받아 먹었다. 알고 보니 또 술이었다아~! 술이 진~짜 싫어졌다. 그 다음부터는 술에 입도 대지 않았다. 그런데 내 나이 스물아홉에 <지상만가>라는 영화를 찍게 됐다. 내가 맡은 주인공은 알코올중독자였다.

'술도 안 마시고 어떻게 알코올중독자 역할을 할 수 있나. 이것도 하나님이 주신 일인데.'

술을 마셔 보기로 했다. 원래는 배우로서 캐릭터를 잡으려고 술을 마신 건데, 술을 마시다 보니 술이 늘었다. 스트레스를 술로 푸는 날이 늘어났다. 그래도 그리스도인으로서 양심의 가책은 늘 있어서, 술자리를 먼저 벌이는 일은 없다. 내가 술을 먹지 않으려고 버티면 친구들이 와서 사탄처럼 속삭인다.

"야, 안 취하면 돼. 성경에 취하지 말라고 했지, 먹지 말라는 말은 없잖아. 와인은 마셔도 돼."

또 속아 넘어가서 먹는다. 창피한 노릇이다. 내가 끊어야 할 술을 끊지 못하니까, 하나님이 드디어 간섭하셨다. 아토피를 주신 것이다. 술만 먹었다 하면 눈두덩이가 막 간지럽고 탁구공만하게 부어오르면서 허물이 떨어져 내렸다. 그 허물을 모아 눈사람을 만들어도 될 만큼. 눈이 부어 다음 날 촬영할 수 없을 정도니 도저히 감당이 안 됐다.

할 수 없이 술을 끊었다. 그랬더니 신기하게도 아토피가 씻은 듯 나았다. 이렇게 하나님의 메시지를 분명히 들었는데도, 아직도 친구들이 사탄처럼 속삭일 때 마다하지 못하고 있다. 내가 술을 끊는다면, 하나님이 나를 너무 예뻐해 주실 게 뻔한데도. 아직 갈 길이 멀도다. 그렇지만 술 때문에 하나님을 향한 나의 사랑을 의심하지 말아 주길… 나도 거룩을 향해 한 걸음씩 나아가고 있음을 의심하지 말아 주길.

여호와의 손에 잔이 있어 술 거품이 일어나는도다
속에 섞은 것이 가득한 그 잔을 하나님이 쏟아 내시나니
실로 그 찌꺼기까지도 땅의 모든 악인이 기울여 마시리로다.
시편 75:8

도적이나 탐욕을 부리는 자나 술 취하는 자나 모욕하는 자나
속여 빼앗는 자들은 하나님의 나라를 유업으로 받지 못하리라.
고린도전서 6:10

성결에 대해

성결
화평
관용
양순
긍휼
자비
온유
오래 참음
용서
사랑
감사
편벽과 거짓이 없는 사람
하나님을 닮아 가는 사람

담배 끊기보다 힘든
그 무엇은?

"우리 몸은 하나님이 주신 성전입니다. 굴뚝이 아닙니다. 우리 몸을 아끼고 사랑해야 합니다."

목사님이 가끔 설교하실 때, 후후 웃음이 나오다가도, 나도 애연자의 한 명이었기 때문에 좀 애절해진다. 내 평생에 담배 피우는 게 멋있어 보인다고 생각해 본 적은 단 한 번도 없었다. 내가 담배를 만난 것은 정말 우연이었다. 어느 날, 그것도 아주 쌀쌀한 가을의 어느 날.

대학교 때 친구가 다리를 다쳐 걸을 수 없는 지경이 되었다. 그래서 할 수 없이 그 친구를 업고 집에 데려다 주고 데리고 와야 했다. 친구를 업는 것보다 더 힘든 것은, 그 녀석이 내 등에서 용처럼 뿜어 대는 담배 연기였다. 그 친구는 우리가 함께 봤던 영화 <영웅본색>의 소마(주윤발)에 필이 꽂힌 나머지 늘 롱코트에, 동그란 안경에, 말보로 레드를 입에 달고 살았기 때문이다. 생각해 보라. 롱코트를 입고 말보로 레드를 연신 피워 대는 친구를 업고, 그 친구의 담배 연기가 싫어서 손사래 치며 신촌 일대를 어기적어기적 걷는 나의 불안한 뒤태를.

그런데 문제는 그렇게 몇 주를 했더니, 그렇게 싫던 담배 연기가 어느 순간 구수하게 느껴졌다는 것이다. 어느 날 그 친구 집에 다 왔을 때, 친구가 담배 한 개피를 내밀며 말했다.

"야, 한번 피워 봐."

나는 질겁을 했다.

"싫어. 그거 한번 피면 계속 펴야 한다며. 나 부모님한테 혼나."

하지만 친구는 굽히지 않고 계속해서 담배를 권했다.

"야, 한번 펴 본다고 해서 담배 피는 거 아냐. 한번만 피워 봐."

그러잖아도 날씨도 쌀쌀하고, 모르겠다 싶어서 담배를 입에 물었다. 담배 한 모금을 참 오랫동안 피웠던 것 같다. 친구가 옆에서 말했다.

"야, 너 피면 어지러울 거야."

웬걸, 하나도 어지럽지 않았다.

'이게 담배를 받는다는 말이구나.'

그래서 담배를 세 모금 더 피웠다.

니코틴은 정말 나쁜 xx다. 그날 집으로 돌아와서 공부하려고 책상에 앉았는데, 니코틴이 그리운 거였다. 자연스럽게 가게에 가서 내 돈 주고 사서 담배를 피우기 시작했다.

어느 날 보니 나는 골초가 되어 있었다. 외로워도 슬퍼도 나는 담배를 피워 댔다. 내가 얼마만큼 골초였느냐면, 교회에서 예배드리고 나오면서 담배를 입에 물었을 정도다. 어느 주일에 예배드리고 나오면서 담배를 빼 물었는데, 어렸을 때부터 나를 지켜봐 주시던 목사님과 두 눈이 딱 마주쳤다. 담배를 숨겨야 하는데, 너무 놀란 나머지 담배 피던 포즈 그대로 얼음이 되고 말았다. 아, 그때 내가 얼마나 속상했던지.

아들로서의 신현준, 영화배우로서의 신현준, 대학 동창으로서의 신현준, 교회에서의 신현준의 모습이 다 다를 텐데, 그나마 교회에서 신현준의 모습은 꽤 괜찮았다. 그 괜찮은 신현준이 담배를 피우다가 딱 걸렸으니.

그날부터 창피해서 담배를 끊으려고 엄청 노력했다. 하지만 잘 안 됐다. 그런데 내 인생에 절박한 순간이 왔다. 시간 내에 반드시 해결해야 하는 사건이 터졌다. 너무 애절한 상황이었기 때문에 하나님 앞에 매달려 기도만 했다. 기도를 하다가 하다가, 급기야 이렇게 기도했다.

"하나님, 이 일 해결되면 저 죽을 때까지 진짜 담배 안 필게요."

그렇게 기도하고 나서 얼마 지나지 않아 연락이 왔다. 문제가 해결되었다고. 휴~ 안도의 한숨이 나와야 할 텐데, 나도 모르게 이런 생각이 들었다.

'아~ 담배 끊겠다는 기도는 조금 늦게 했어야 했는데…'

하나님과의 약속을 어기는 순간 어떻게 되는지 알기 때문에 아마 죽을 때까지 무서워서 담배는 다시는 못 필 것이다. 요즘 담배는 안 핀다. 대신 금연껌은 못 끊을 것 같다.

p.s. 금연껌도 끊을 수 있기를… 화이팅!

그런즉 선 줄로 생각하는 자는 넘어질까 조심하라 사람이 감당할
시험밖에는 너희가 당한 것이 없나니 오직 하나님은 미쁘사 너희가
감당하지 못할 시험당함을 허락하지 아니하시고 시험당할 즈음에 또한
피할 길을 내사 너희로 능히 감당하게 하시느니라.
고린도전서 10:12-13

기도,
하나님과의 일대일 대화

모세가 하나님께 물었다.

"오, 주여! 저는 어디서 당신을 찾으리이까?"

하나님이 대답하셨다.

"네가 나를 찾을 때 너는 이미 나를 찾았느니라."

하나님은 우리가 구하기도 전에 이미 우리에게 필요한 것이 무엇인지를 알고 계신다. 그러나 우리는 온 마음을 다해 간절히 기도드려야 얻을 수 있다. 기도를 시작하기에 앞서서 먼저 자신이 그 시간 동안 온전하게 정신을 집중할 수 있는지 스스로 생각해 보라. 지금 하고 있는 내 기도가 단지 습관적인 기도인지, 하나님께 전심을 다해 하는 기도인지 생각해 보라. 기도는 하나님과 자신의 관계에 대한 표현이다.

인간은 끊임없이 성장하고 변화해야 한다. 기도도 성장하고 변화해야 하는 것이다. 하루를 기도로 시작하라. 성경을 보거나 묵상집을 보고 오늘의 말씀을 되새기며 기도하라. 조금 일찍 일어나서 잠깐이라도 기도하는 습관을 들여 보라. 기도를 게을리 하지 말라. 기도는 하나님과의 일대일 대화다. 하나님을 만나는 유일한 방법이다. 길을 걸을 때도, 차를 타고 이동 할 때도 언제든 시간만 주어지면 감사함으로 기도하라. 하나님은 우리의 필요를 먼저 아시고 보호해 주시는 분이다. 하나님의 문을 두드리라. 하나님이 기뻐하시며 당신의 기도를 들어주실 것이다.

예수님께서 언제나 기도하고 희망을 잃지 말아야 할 것을 가르치시기 위해 제자들에게 비유를 말씀하셨습니다. "어떤 마을에 하나님을 두려워하지 않고 사람들을 무시하는 재판관이 있었다. 그 마을에 과부가 한 명 있었다. 그녀는 재판관을 찾아가서 말하였다. '내 원수를 갚아 주십시오.' 그 재판관은 한동안, 그의 간청을 들어주려고 하지 않았다. 그러나 얼마 후에 속으로 중얼거렸다. '내가 하나님을 두려워하지 않고 사람을 무시하지만, 이 과부가 나를 귀찮게 하니 그의 간청을 들어주어야겠다. 그렇지 않으면 계속 와서 나를 괴롭힐 것이다.'" 주께서 말씀하셨습니다. "이 불의한 재판관이 말한 것을 들으라. 하나님께서 밤낮 부르짖는 하나님의 선택된 백성들의 간청을 듣지 않으시고 오랫동안 미루시겠느냐?"
누가복음 18:1-7, 《쉬운 성경》

믿음은 의심하지
않는 것이다

기도가 응답되지 못하는 가장 큰 이유는 기도하지 않기 때문이다. 얻지 못함은 구하지 않기 때문이다. 하나님은 진실하게 간구하는 자의 기도를 절대 외면하지 않으신다. 구했는데도 얻지 못했다면 곰곰이 생각해 보라.

열심히, 규칙적으로, 끈기 있게, 오랜 기간 간절하게 기도했는가? 나만을 위한 기도가 아니라 하나님 나라의 확장을 위한 기도인가? 하나님 뜻에 어긋나지 않는, 하나님 보시기에 합당한 기도인가?

이 질문에 다 "예."라고 대답할 수 있다면, 지금 구하는 것이 내게 유익한 선물이 아니거나, 아직 때가 아니거나, 내가 그것을 받을 준비가 안 된 것이다. 하나님은 내 기도를 들어주시기 전에, 먼저 내가 성장하길 원하신다.

"내게 구하기 전에 먼저 고통 받는 자에게 귀를 열어 놓고 있느냐? 죄에서 벗어나라. 네 태도를 바꾸어라. 나쁜 버릇과 습관을 없애라. 세상의 재미난 유혹에서 빠져나와라. 나와의 관계를 회복하자. 너의 영을 부드럽게 하라. 회개하라. 용서하라. 감사하라. 기뻐하라. 성장하라."

하나님은 기도한 것은 이루어진 것으로, 이미 받은 줄로 알라고 하신다. 절대 의심하지 말라. 의심은 믿지 않는 자의 것이다.

너는 내게 부르짖으라 내가 네게 응답하겠고
네가 알지 못하는 크고 은밀한 일을 네게 보이리라.
예레미야 33:3

그러므로 내가 너희에게 말하노니 무엇이든지 기도하고 구하는 것은
받은 줄로 믿으라 그리하면 너희에게 그대로 되리라.
마가복음 11:24

너희는 욕심을 내어도 얻지 못하여 살인하며 시기하여도
능히 취하지 못하므로 다투고 싸우는도다
너희가 얻지 못함은 구하지 아니하기 때문이요
구하여도 받지 못함은 정욕으로 쓰려고 잘못 구하기 때문이라.
야고보서 4:2-3

나의 기도

주님! 저에게 아름답고 귀한 믿음 주시고, 하루하루 영적으로 성장하게 해 주옵소서. 종의 마음으로 섬기는 삶을 살 수 있게 해 주옵소서.

주님, 주님이 제 인생의 중심, 인생의 첫째가 되게 해 주옵소서. 주님은 제 모든 것에 중심이십니다. 아침에 일어나 제일 먼저 감사함으로 하나님께 기도하고, 잠들기 전에도 마지막으로 하루를 감사히 마감하며 기도드리게 해 주옵소서.

주님, 제 안에 들어오셔서 저를 지배해 주시고 저를 다스려 주옵소서. 제가 원하는 하나님이 아니라 하나님이 원하시는 제가 되게 하옵소서. 저를 도우소서. 어린아이 같아지기를, 실패를 두려워하지 말기를, 겸손해지기를, 모든 것에 감사할 수 있기를. 좋은 결정을 할 수 있기를, 제 뜻이 아닌 하나님의 뜻이 무엇인지 알 수 있기를.

주님, 저를 통해 계획하시는 모든 일을 이루시옵소서. 악에서 보호해 주시고, 유혹을 이기게 해 주옵소서. 빛과 소금이 되게 해 주옵소서. 하루를 보내는 동안 적절한 시간에 합당한 장소에 있게 해 주옵소서. 말씀에 순종하게 하시고, 전도할 수 있는 기회를 주옵소서.

주님, 눈에 보이는 세상의 헛된 것을 따르지 않게 하옵소서. 주님만을 따라가는, 요동하지 않는 믿음을 주옵소서.

주님, 제게 선한 것을 향한 눈, 거짓 없고 온순한 말, 바르게 행하려는 손과 발, 하나님의 뜻을 품은 심장, 가난한 자의 부르짖는 소리를 듣는 귀를 주옵소서.

주님, 성실하고 거룩한, 작은 소리에 귀 기울이는 사람이 되게 해 주옵소서. 제 삶을 통해 다른 사람들이 감동할 수 있게 해 주옵소서. 세상에서 존귀함을 받고 주님 나라를 위해 귀히 쓰이는 자가 되게 해 주옵소서.

주님, 이렇게 이기적인 저의 죄악을 용서해 주옵소서. 의롭고 겸손하며 공평하고 정직하게 행할 수 있는 지혜를 주옵소서. 하나님을 닮은 인격과 성품을 주옵소서. 교만하지 않게 해 주옵소서. 인자하고 온화하며 부드러우나 위엄을 갖춘 사람이 되게 해 주옵소서.

주님, 저와 함께해 주옵소서. 저를 도와주옵소서. 큰 믿음을 주옵소서. 담대한 믿음과 신앙과 사명감을 갖고 하나님이 주신 일들을 감당하게 해 주옵소서. 제 일을 축복해 주옵소서. 가난하지 않게 해 주옵소서. 영육 간에 강건함을 주옵소서. 예수님의 이름으로 기도드립니다. 아멘.

삶이라는

무대에서

배우라서 행복하다

얼마 전 일본의 한 기업체에서 초청을 받았다. 그동안 출연했던 영화와 DVD를 홍보하기 위해서였다. 일본인들은 자신이 좋아하는 배우가 출연하는 영화를 볼 때 목욕을 깨끗이 하고, 기모노를 차려입고, 차 한 잔을 앞에 놓고, 무릎 꿇고 본다는 이야기를 들었다. 그리스도인이 1퍼센트밖에 안 된다는 일본. 그래서 나는 일본에서 내 팬들을 만나면 꼭 하나님을 전해야겠다는 생각을 간절히 하고 있었다. 나를 좋아하다가 내가 섬기는 하나님 아버지를 만났으면 하는 생각에.

일본에서의 첫날, 기자회견을 할 때부터 나는 하나님 이야기를 꺼냈다.

"여러분을 만날 수 있도록 기회를 허락하신 하나님께 감사드립니다."
"하나님이 도와주셔서 제가 최선을 다할 수 있었고, 이 작품들이 많은 분들의 사랑을 받을 수 있었습니다."

기자회견이 끝났을 때, 나를 초청한 재일교포 사장님이 내게 다가와서 말했다.

"정말 죄송합니다. 하지만 하나님 이야기는 안 해 주셨으면 좋겠습니다. 현준 씨 인기에도 지장이 있고, 우리 회사에도 타격이 있습니다."

하나님 이야기를 하지 말라니, 나는 그걸 목적으로 왔는데? 나는 전혀 흥분하지 않고 이렇게 말했다.

"아, 그러세요? 조 이사, 우리 계약서 찢고 돈 주고 돌아가자!"

내가 너무 강력하게 나오니까, 사장님이 할 수 없다는 듯 마음을 바꿨다.

"죄송합니다. 그럼 원하시는 것 마음대로 하십시오."

나는 기회는 이때다 싶어서 목사님처럼 거의 설교 수준으로 하나님 자랑을 실컷 했다. 그날 밤, 누군가 우리 숙소를 찾아왔다. 문을 열어 보니 뜻밖에도 사장님이었다! 선물 하나를 건네며 털어놓는 이야기가 이랬다.

"저… 낮에 참 많이 부끄러웠습니다. 제가 사실은… 그리스도인입니다. 일본 사회에서 살다 보니 잘 드러내지 못했습니다만, 우리 회사 직원들도, 심지어 아르바이트 학생들도 다 그리스도인만 뽑습니다."

그날 밤 얼마나 감사했던지. 다음 날 차를 타고 팬미팅 장소로 움직이는데, 사장님이 슬며시 음악을 틀었다. CCM(Contemporary Christian Music)이었다.

"저, 사실은 CCM 틀어 놓고 다닙니다."

팬미팅 장소에서 직원이 나를 소개하는데 이러는 게 아닌가.

"신현준 씨 소개합니다. 그런데 현준 씨는요, 여러분보다 더 사랑하는 분이 있어요. 예, 바로 하나님이시죠!"

나는 행복한 웃음이 터지려는 것을 간신히 참았다. 팬미팅에서 하나님 이야기를 많이 하다가, 어느 순간 슬며시 선물을 나눠 주었다. "여호와는 나의 목자시니 내게 부족함이 없으리로다."(시편 23:1) 같은 내가 좋아하는 성구를 일본어로 적어서 만든 책갈피와 십자가 핸드폰 고리였다. 그 뒤 우리는 한국으로 돌아왔다. 그러고 나서 3개월 뒤 다시 일본을 방문했다. 일본 공항 입국장에 들어서는 순간 나의 가슴은 벅차오르기 시작했다. 나를 기다리던 팬들이 다 십자가 핸드폰 고리를 흔들고 있었기 때문이다. 교회에 다니기 시작했다는 분도 있었다.

일본인 그리스도인이 쓴 신앙고백 시를 한국말로 써서 내게 선물해 준 분도 있었다. 일본에는 신앙 서적이 많지 않다는 것을 아는 나로서는 얼마나 감사했는지 모른다. 그날 하나님이 내게 배우라는 달란트를 주셨다는 사실에 행복했다.

주님, 부족한 제게 이런 달란트를 주셔서 감사합니다. 주님이 주신 일에최선을 다할 수 있게 해 주옵소서. 이 일을 통해 하나님을 나타내며, 하나님 안에서 승리해서 하나님께 영광 돌릴 수 있게 해 주옵소서. 제 일을 통해 하나님을 전할 수 있게 해 주옵소서. 새로운 곳을 가거나 새로운 사람들을 만날 때 복음을 전할 수 있게 해 주옵소서. 주님, 제게 하나님이 만드신 땅 끝까지 복음을 전할 수 있는 기회와 능력과 영향력을 주옵소서. 그 일을 감당할 수 있는 지혜와 겸손과 더 큰 믿음을 주옵소서. 저를 더욱 단련시켜 주옵소서. 모든 것은 당신을 위해 있습니다. 저를 당신의 뜻대로 쓰옵소서.

누구든지 사람 앞에서 나를 시인하면 나도 하늘에 계신 내 아버지
앞에서 그를 시인할 것이요.

마태복음 10:32

우리가 알거니와 하나님을 사랑하는 자 곧 그의 뜻대로
부르심을 입은 자들에게는 모든 것이 합력하여 선을 이루느니라.

로마서 8:28

나의 달란트를
발견한다는 것

일본에서 행복한 팬미팅을 치른 지 얼마 지나지 않았을 때였다. 목사님 한 분이 나를 무척 보고 싶어 하신다는 소식을 들었다. 그분과 나는 전혀 아는 사이가 아닌데, 왜 갑자기 날 찾으시나 싶었다. 목사님을 찾아뵈었더니 제일 먼저 이렇게 말씀하셨다.

"하나님이 현준 씨에게 해 주고 싶은 이야기가 있다면서 자꾸만 제 마음을 움직이셔서 뵙자고 했습니다. 지금부터 이야기하는 것은 제 이야기가 아니고 하나님 마음입니다."

나는 좀 긴장이 됐다. 이어지는 목사님의 말씀.

"하나님은 현준 씨가 일본에서 한 일을 기뻐하십니다."

매니저와 나는 서로 얼굴을 쳐다보고 한참을 있었다. 일본에서 있었던 일은 매니저와 나 둘밖에는 모르는 일이었다. 어머니한테도 말씀드리지 않았으니까.

"현준 씨, 일 때문에 해외에 나갈 일이 많을 텐데, 비행기 뜰 때마다 기도하세요. 가는 나라에서 한 명이라도 전도할 수 있도록, 한 명이라도 하나님 품에 돌아올 수 있도록, 선택받은 자들을 알아볼 수 있는 눈을 열어 달라고 기도하세요. 비행기가 내리는 순간에도 항상 이 땅에 있는 사람들에게 구원의 메시지를 전할 수 있도록 기도하세요."

유명한 사람이 되어 하나님을 더 잘 알리는 사람이 되게 해 달라고 어린 시절에 내가 했던 기도를 다른 분의 입에서 듣자 온몸에 소름이 돋았다. 나는 그 순간 알았다. 하나님이 내게 아주 특별한 것을 주셨다는 것을. 영화가 아니라 영화를 가지고 해야 할 진짜 일이 있다는 것을.

목사님의 마지막 말씀은 '조지 뮬러'의 책을 읽으라는 것이었다. 그때만 해도 나는 조지 뮬러라는 분을 몰랐다. 목사님과 헤어지고 나서 그 길로 쫓아가 조지 뮬러의 책을 다 사서 읽었다. 돈 한 푼 없이 수많은 고아들을 먹여 살렸던 고아의 아버지.

때가 되면 알게 되겠지만, 지금은 왜 하나님이 내게 그분의 책을 읽으라고 하셨는지 모르겠다. 분명한 것은 내가 이러한 하나님의 뜨거운 속삭임 때문에 선교와 구제에 눈을 떴다는 사실이다. 나의 귀한 달란트를 또 한 번 확인받은 것이다.

우리가
받아들여야 하는
두 가지

우리가 받아들여야 하는 두 가지.

죽음,
그리고…
우리 모두 외롭고 고독할 수밖에 없는 존재라는 것.

텔레비전을 통해 장국영이 자살했다는 뉴스를 듣고, 다음 날 홍콩으로 날아가 그가 투신한 호텔 앞에 국화꽃 한 송이를 놓았다. 눈물이 났다. 죽은 자는 말이 없다. 그의 죽음을 두고 참 많은 말들이 있었다. 그의 유작이 되었던 작품의 나지랑 감독은 이렇게 말했다.

"장국영은 말수가 많은 사람이 아니었다. 그는 조용하지만 열정을 지니고 있었고 대단히 예의 바른 사람이었다. 무엇보다 그는 일에 대해서만은 완벽에 가까웠다. 그는 일을 할 때는 오로지 일에만 몰두했다. 늘 어떻게 몰입해야 할지, 인물의 성격을 어떻게 드러내야 할지를 생각했다."

《장국영_천상에서 해피투게더》

하지만 일에 대한 이런 열정과 사랑이 '외로움'의 굴레를 벗어던지게 하지는 못했다. 그는 영화 속 슬픈 캐릭터처럼 사라지고 말았다. 헤밍웨이는 믿음 좋은 가정에서 성장했다. 그러나 그는 신앙을 떠나 살았다. 소설 〈누구를 위하여 좋은 울리나〉로 노벨문학상을 받아 성공과 부를 소유했지만, 황폐해진 영혼을 지닌 인간으로 전락하고 말았다. 인생의 참된 의미를 깨닫지 못하고 자살한 것이다. 사람은 누구나 외롭고 고독하다. 그것을 피할 길은 없다. 본질을 회피하려 하지 말라. 그것을 받아들일 때 우리는 성숙할 수 있다. 아무리 가진 것이 많아도 하나님을 떠난 인생은 허무하기 짝이 없다. 기쁨과 평안은 하나님이 주시는 것이다. 우리는 잠시도 하나님을 떠나 살 수 없는 나약한 존재다. 이 세상의 어떤 가치보다 중요한 것은 먼저 하나님을 아는 것이다.

하나님이 인간의 가슴속에 남겨 놓으신 자리를 채우지 않고는 인간은 절대 만족할 수 없다.
파스칼

죽음도
훈련이 필요하다

인간은 태어날 때 세상의 모든 것을 붙잡으려고 하기 때문에 손을 꽉 쥐고 태어난다. 죽을 때는 반대로 손을 펴고 죽는다. 우리 모두 언젠가는 우리에게 소중한 모든 것과 작별하게 되어 있다. 죽으면 아무것도 아니다. 죽음을 생각할 때마다 나는 하나님 나라에 얼마만큼의 관심을 두고 있는지 곰곰이 되새겨 본다. 하나님 곁으로 갈 때에 부끄럽지 않은 내가 되길.

우리가 살아도 주를 위하여 살고 죽어도 주를 위하여 죽나니 그러므로
사나 죽으나 우리가 주의 것이로다.

로마서 14:8

사형선고가 주어진 환자와 가족들은 엄청난 고통의 대가로 받는 게
있어요. 건강한 사람들은 결코 누리지 못하는 삶의 정리 기간 같은
거죠. 살면서 미안해했던 사람에게는 미안하다는 말을 해 줄 기회를
갖게 되고, 마저 사랑하지 못한 사람에게는 사랑한다는 말을 할 수 있는
기회를 갖게 된단 말이에요.

노희경, 《세상에서 가장 아름다운 이별》

네가 이 세상에 태어났을 때 너는 울었고,
네 주위 사람들은 모두 기뻐했다.
네가 이 세상을 떠날 때는 모든 사람들이 울고 너 혼자 웃기를.

인도의 잠언

나이가 든다는 것

나이가 들면 이가 안 좋아지고 기억이 나빠진다. 신은 나이 든 사람에게 편안함을 주기 위해 기억력을 약화시키고, 부드러운 것만 몸에 들어가도록 하기 위해 이를 약하게 하는 것이다. 이처럼 세월에는 순리가 있다. 법칙이 있다. 그 세월을 역행하려 들지 말아야겠다. 삶이 내게 준 주름에 감사할 줄 알아야겠다.

오스카 와일드는 "노년의 비극은 그가 늙었다는 데 있는 것이 아니라, 아직도 젊다고 생각하는 데 있다"고 했는데, 나는 이 말에 동의할 수 없다. 열정만 있다면 정년은 없다.

영어를 열심히 배워 우리의 문화를 외국인들에게 알려 주는 할아버지. 그분의 백발이 너무도 멋지게 보였다. 또 외국의 어느 고속도로 티켓 창구에서 "운전 조심하시고 즐거운 하루 되세요!" 하며 표를 주시던 할머니의 진심 어린 미소가 가슴속에 남아 있다.

가브리엘 가르시아 마르케스는 말했다.

"나이는 숫자에 불과한 것이고, 단지 느끼는 것일 뿐이다."

어르신들의 일하는 모습은 훗날 우리의 모습이다.

살아 있는 한 배워라. 늙음이 지혜를 가져다주기를 빈손으로 기다리지 말라.
솔론

밤에 자는 잠이 편안하도록 낮 동안 부지런히 일하라. 너의 노후가
편안하도록 젊은 날을 보람차게 보내라.
인도의 속담

어릴 때부터 일하는 것을 가르치는 것은 매우 중요한 교육이다.
칸트

누구든 자기를 학생이며 제자라고 생각하라. 공부하기에는 나이가
너무 많다고 생각하거나, 자신은 이미 충분히 성숙하고 발달했고
자신의 성격과 영혼은 이미 훌륭하며 더 이상 훌륭해질 여지가 없다고
자만해서는 안 된다. 그리스도인에게 졸업이라는 것은 없다.
그는 무덤에 들어가는 날까지 학생이다.
고골리

보물 같은 기억들

영적으로 많이 나약해져 있을 때 하나님은 <무영검>이라는 영화를 주셨다. 이 영화를 찍으러 중국에 몇 달 머물러 있는 동안 나는 하나님 안에서 회복되는 경험을 할 수 있었다.

이 시간은 주님이 내게 주신 은혜요 축복의 시간이라는 확신이 들던 날, 나는 주님을 위해 무엇을 할 수 있을까 생각했다. 스태프와 함께 예배를 드리기로 했다. 하나님은 인터넷으로 예배를 드리면 좋겠다는 멋진 아이디어도 주셨다. 60여 명이나 되는 스태프의 방마다 주보를 만들어 돌렸다. 발자국이 선명히 찍힌 주보가 복도에 버려져 있는 것을 보면서 생각했다.

'쉬운 일은 아니겠구나….'

첫 예배에 참석한 사람은 나와 통역을 담당했던 친구 둘뿐이었다. "시작은 미약하나 끝은 창대하리라"는 말씀을 믿고, 매주 정성을 들여 주보를 만들고 예배를 위해 기도했다.

그랬더니 어느새 참석하는 친구들이 한 명에서 두 명, 세 명으로 늘었다. 예배는 서서히 뜨거워지기 시작했다. 예배를 드리라면서 인터넷이 잘되는 자신의 방을 내주는 친구들도 생겼다. 어떤 친구는 회개의 눈물을, 어떤 친구는 기쁨의 눈물을 흘리며 우리의 작은 숙소는 점점 은혜와 축복의 공간이 되었다. 그동안 하나님을 떠나 살다가 중국의 어느 이름 없는 초라한 숙소에서 하나님을 새롭게 만나고, 새 생명을 얻은 친구들을 생각하면 아직도 눈이 부신다. 그때 그 찬란했던 기억들은 영원히 잊을 수 없는 값진 추억이 되었다.

사람은 오직 다음과 같은 세 종류로 나뉜다.
하나는 하나님을 찾아내 그분을 섬기는 사람들이며,
그들은 지혜롭고 행복하다.
또 하나는 하나님을 찾지도 않고 찾을 생각도 없는 사람들이며,
그들은 어리석고 불행하다.
나머지는 아직 하나님을 찾아내지는 못했지만
그분을 찾으려고 노력하는 사람들로,
이들은 지혜롭지만 아직 불행하다.
파스칼

커피보다 향기로운 그것

아침에 일어나서 듣는 찬양에는 커피 향보다 진하고 향기로운 이야기가 있다. 이제는 아침마다 찬양을 듣는 것이 오래된 습관이 되어 버렸다. 들을 때마다 다른 느낌, 다른 행복을 가져다준다. 몇 개월을 꾸준히 내 옆방을 쓰던 배우가 하소연을 했다.

"왜 아침마다 그런 음악을 틀어 놓는 거야? 형하고 안 어울려. 아침마다 지겨워 죽겠어. 듣기 싫어."

그런데 어느 날 그 배우가 찬양을 흥얼거리는 게 아닌가. 나중에는 나와 함께 예배드리게 되었다. 아는 찬양이 나오자 어찌나 열심히 따라 부르던지. 그의 모습이 멋졌다.

찬양은 하나님께 드리는 우리의 마음이고, 하나님이 우리에게 주시는 기쁨의 시다.

여호와의 눈은 온 땅을 두루 감찰하사
전심으로 자기에게 향하는 자들을 위하여 능력을 베푸시나니.

역대하 16:9

여행 중 책의 쓰임새

나는 오랫동안 이렇게 기도해 왔다.

'주님, 어느 곳을 가든, 누구를 만나든 하나님의 사랑을 전할 수 있게 해 주세요.'

촬영 스케줄 때문에 홍콩에 오래 머무르게 되었다. 그곳에서 우연히 후배 배우를 만났다. 하나님을 믿지 않는 친구였는데, 내가 가지고 있던 신앙 서적과 묵상집을 건네주고 왔다. 왠지 주고 싶었다. 몇 개월 뒤 그 친구에게서 전화가 왔다.

"선배님, 저 교회에 다니기 시작했습니다."

나는 너무 기뻐서 외쳤다.

"아멘!"

아마도 그 친구는 홍콩에 머무르는 동안 내가 건네준 책들을 읽게 되었나 보다. 좋은 책 한 권이 하나님을 알리는 통로가 될 수도 있다는 놀라운 사실을 잊지 말라.

예전에도 나의 책 사랑은 대단했지만, 그날 이후로 나는 책을 더욱 사랑하게 되었다. 여행 중에 읽을 책을 챙겨 가는 것은 내가 읽으려는 이유도 있지만, 여행 중에 만난 사람들에게 선물하기 위해서다. 그 책으로 또 한 사람의 마음이 주님께로 돌아오기를 무심한 척 지켜보면서 말이다.

자신의 지식이 얼마나 보잘것없는 것인지 알려면 많이 배워야 한다.
몽테뉴

말씀을 본다는 것,
하나님을 만난다는 것

외국에서 영화 촬영을 할 때, 하루는 아침에 일어나 조용한 데로 갔다. 성경 구절 하나에 예화가 많이 들어 있는 365일 묵상집을 한 권 들고 말이다. 나는 조용한 나무 밑에 전혀 경건하지 않은 포즈로 앉아, 거의 시간 때우기 식으로 책을 읽고 있었다. 갑자기 누군가 다가왔다. 통역하는 친구였다. 나를 힐끗 보더니 말끝을 흐렸다.

"어… 묵상 중이세요? 그럼 조금 있다 올게요."

나 묵상 중 아닌데, 다만 조용한 곳에서 책 읽고 있었는데… 내가 대답할 틈도 없이 금세 사라져 버렸다. 그런데 그 친구는 왜 '묵상'이라는 표현을 썼을까? 조용한 데서 혼자 성경 말씀을 읽으며 하나님을 생각하는 게 묵상인가 보다. 순간 나도 모르게 이런 생각이 들었다.

'그럼, 나도 어디 한번 묵상을 해 볼까?'

그때부터 아침에 성경을 보고 묵상하는 시간을 갖게 되었다. 묵상을 하면 할수록 묵상을 통해서 나를 돌아보고, 내 속에 숨어 있는 나를 찾는 시간을 가져야 한다는 것을 알게 되었다. 늘 깨어 있기 위해, 삶을 음미하기 위해.

경건의 시간이 습관이 되면 시험을 이기는 능력을 갖게 되고, 자유를 얻게 되며, 위로를 경험한다. 하나님의 지시하심을 받고 깨달음을 얻게 된다. 하나님과 동행한 사람은 이미 승리한 사람이다. 이기적인 생각과 욕심을 버리고, 겸손한 마음으로 하나님 말씀을 깊이 묵상하라. 하늘의 지혜로 채워진 사람이 되자. 철저히 순종하자.

내가 열두 살 때 성경책 한 권을 샀다.
이것이 나의 가장 위대한 투자였다. 이 성경이 오늘의 나를 만들었으니까!
난 가난한 시절에 성경을 읽고 꿈을 키웠고, 성경의 가르침대로 행하여
지금의 내가 되었으니까!
존 워너메이커

이 낡은 책은 바로 어머니가 나에게 물려주신 성경이다.
나는 이 성경책으로 대통령이 되어 여기 이 자리에 서게 되었다.
A. 링컨

말씀으로
인도해 주시는 하나님

한번은 일본에 촬영하러 갔을 때 일이다. 촬영을 끝내고 매니저와 함께 한인교회를 찾아갔다. 그날 설교 말씀은 이거였다.

"보라, 새것이 되었도다!"

고린도후서 5:17

어쩜 말씀이 이렇게 딱 맞다니… 나와 매니저 둘 다 서로를 쳐다보고 아무 말도 하지 못했다. 사실 우리가 그날 교회에 가서 기도해야겠다고 생각한 것은 소속사 문제 때문이었다. 안전하게 계속 이 회사에 있을 것인지, 아니면 또 다른 회사에서 새로운 도전을 할 것인지 우리는 고민 중이었다. 이 문제를 놓고 우리는 계속해서 기도해 왔다. 목사님은 이렇게 설교하셨다.

"과거는 과거입니다. 하나님은 언제나 새로운 것을 주십니다. 우리가 원하고 있는 것을 하나님이 먼저 알고 계십니다."

우리의 형편을 미리 아시고 우연히 찾아간 교회의 목사님 설교 말씀을 통해 우리를 인도하시고 새 길을 열어 주시는 나의 고마우신 하나님. 우리는 이 말씀에 용기를 얻었다. 그리고 며칠 후 기적처럼 하나님이 목사님을 통해 들려주신 말씀 그대로, 우리 직원 모두 편안하게 일할 수 있는 새로운 회사와 계약되게 해 주셨다.

주의 말씀은 내 발에 등이요 내 길에 빛이니이다.
시편 119:105

이 율법책을 네 입에서 떠나지 말게 하며 주야로 그것을 묵상하여
그 안에 기록된 대로 다 지켜 행하라 그리하면
네 길이 평탄하게 될 것이며 네가 형통하리라.
여호수아 1:8

지금 생각해도
너무너무 잘한 일

아무리 생각해도 친해질 수 없는 사람인데, 자꾸 마주치게 되는 친구들이
있다.

'이 친구가 왜 내 주변에서 얼씬거리지?'

이런 궁금증을 가질 때면 이 친구들이 내게 고민을 털어놓는다.

"형, 나 옛날에 교회 열심히 다녔는데, 지금은 교회에 가기가 싫어."

나는 그제야 하나님이 이 친구를 왜 내게 붙여 주셨는지를 알게 된다. 내가
하나님과 소통이 잘 안 되면, 하나님은 내게 다른 사람을 붙여 주셔서 하나
님의 메시지를 들려주신다. 그때처럼 하나님이 선택한 사람들이 하나님

앞에 다가가지 못할 때, 하나님은 나를 하나님의 메시지를 전하는 통로로 사용하시기도 한다. 하루는 내게 피아노를 가르쳐 주던 친구가 말했다.

"저는 하루에 피아노 레슨을 10개 이상씩 해요. 너무 하기 싫어요. 제가 지금 뭐하고 있는 건지 모르겠어요. 당장이라도 그만두고 싶어."

이 친구는 피아노과를 수석으로 들어가서 수석으로 졸업했다. 그런데 연주자 생활보다 피아노 레슨을 하는 것이 훨씬 돈벌이가 좋아서 피아노 레슨의 길에 들어섰다. 돈은 무척 많이 벌었는데, 어느 순간 인생이 공허해진 모양이었다.

"그러면 너가 피아노도 가르쳐 주고, 성경 말씀도 가르쳐 줘. 하나님에 대해 말해 주고, 아이들을 교회에 다니게 해 봐. 하나님이 왜 하필 너에게 그런 소중한 재능을 주셨을까? 야, 하나님이 이 말 들려주라고 널 만나게 하셨나 봐."

친구가 눈을 동그랗게 떴다. 얼마 뒤에 그 친구에게 문자가 왔다. 아이들과 찍은 사진도 함께.

"제가 전도해서 교회에 다니게 된 친구들이에요. 삶의 소망이 생겼어요. 고마워요!"

지금 생각해도 너무너무 잘한 일이다. 하나님이 오직 나만을 위해 주신 삶의 자리, 하나님이 오직 내게만 주신 나만의 특별한 재능. 하나님이 나를 지금 이곳에 보내신 이유는 반드시 있다. 내가 아니면 그 누구도 할 수 없다는 사명을 띠고, 그 자리에서 하나님을 나타내며 일하는 것만큼 아름다운 풍경은 없는 것 같다.

내 생애 가장
아름다웠던 크리스마스

크리스마스 즈음, 강릉에 숨어들어 갔다. 영화에 들어가기 전에 시나리오를 집중해서 보면서 캐릭터를 만들려면 조용하게 쉴 수 있는 곳이 필요하기 때문이다. 유명하지 않은 곳에 숙소를 잡았다. 지배인에게 슬쩍 물었다.

"혹시 사우나 조용한 데 있어요?"

"그럼요. 저희 이층 사우나가 제일 조용하죠. 손님이 아예 없어요!"

푸하, 자기네 손님이 없다고 손사래를 치며 말하는 지배인이라니… 그 모습이 재미있었다. 이층에 올라갔더니 대중탕이 진짜 컸다. 그리고 사람이 없기는 정말 없었다. 좋았다. 반신욕을 하면서 시나리오에 집중할 수 있으니까. 그런데 얼마 지나지 않아 한 사람이 들어오더니 나를 알아봤다.

"어~!"

작은 키에 대머리인데, 왼쪽 머리카락만 장발인 아저씨가(아무래도 오른쪽으로 쓸어 넘겨 덮개용으로 쓰시나 보다) 나를 바라보며 해맑게 웃는 게 아닌가. 아마도 내가 신기했나 보다. '왼쪽만 장발' 아저씨는 내 옆에 앉아 넙죽넙죽 말을 걸기 시작했다.

"저~ 반신욕 좋아하시나 봐요."

나는 편하게 쉬고 싶었는데, 읽고 있던 책에만 더 신경 썼다.

"여기는 어쩐 일이세요?"

옆에서 계속 말을 붙이니까 짜증이 났다. 대충 대답하고는 냉탕으로 건너갔다. 냉탕에 가서 다시 책에 집중하려는데, '왼쪽만 장발' 아저씨가 냉탕에도 불쑥 따라 들어오며 말했다.

"저, 사실 뜨거운 거 싫거든요."

그러면서 계속 말을 시키는데, 이 아저씨 되게 재미있다는 생각이 들었다. 아저씨가 조금 좋아졌다. 이야기를 나누다 보니 호감이 갔다. 쉬지는 못했지만 오랜만에 유쾌한 시간을 보냈다. 사우나를 끝내고 내려와 지배인에게 여기서 제일 가까운 교회가 어디에 있느냐고 물었다. 바람도 쐬고 알려 준 교회의 위치도 알아 둘 겸해서 나갔는데, 지배인이 알려 준 교회는 생각보다 굉장히 컸다. 예배 시간에 맞춰 가야지 생각하고 되돌아오는 길에 동화 속에서나 본 듯한 아주 작고 아담한 교회를 봤다. 화려하지는 않지만 정감이 넘쳐 났다. 왠지 이 교회에서 크리스마스이브 예배를 드리고 싶은 마음이 자꾸 들었다.

저녁 시간에 맞춰 그 작은 교회에 도착했다. 알루미늄 문을 열고 예배당에 들어섰더니, 천사 날개를 단 꼬마들이 한창 하나님께 드릴 찬양 연습을 하고 있었다. 아기 천사들은 순식간에 찬양을 멈추고 나를 쳐다보았다. 분명 어디서 봤는데 누군지 모르겠다는 표정으로 나를 바라보며 고개를 갸웃갸웃하는 아기 천사들도, 나와 눈이 마주치자 배꼽 인사를 냉큼 하는 통통한 꼬마 천사도 어쩜 그렇게 귀여운지.

"애들아, 왜 찬양 안 하니?"

그렇게 말하면서 양복 입은 어른이 무대 뒤쪽에서 나오는데 웬걸, 아침에 사우나에서 만났던 그 재밌는 아저씨였다! 머리에 기름을 발라 잘 빗어 넘기시니, 꽤 근사한 목사님이 아닌가. 반갑기도 하고 놀랍기도 했다. 교회 분들과 인사를 나누고 기쁜 마음으로 맨 앞줄에 앉아 예배드리는데, 목사님이 설교하면서 이렇게 말씀하셨다.

"사실 아침에 신현준 씨를 만났는데, 저 양반이 왠지 우리 교회에 올 것 같더라구요."

하하, 참 신기한 일이다. 꼬마 천사들의 찬양 시간이 되었다. 볼이 빨개지도록 열심히 부르는 모습이 너무 귀여웠다. 그런데 갑자기 소리가 났다.

"뿌웅~!"

통통한 꼬마 천사가 너무 힘을 줘서 찬양을 부르다가 방귀를 뀌고 만 것이다. 순간 나도 모르게 '푸하하' 웃음이 터지고 말았다. 이미 터진 웃음은 쉽게 가라앉지 않았다. 똥똥한 꼬마 천사야! 그때 크게 웃었던 거 미안해! 그런데 너무 귀여워서 그랬던 거야. 잊지 못할, 내 생애에 가장 아름다웠던 크리스마스.

용기 있는 미소

어느 주일, 예배를 마치고 돌아갈 준비를 하고 있었다.

"형제님~"

명랑한 목소리에 돌아보니 교회 청년부의 한 여학생이었다.

"형제님, 저희 청년부에 나오세요. 우리 모두 기다리고 있어요."
"제가 많이 오래된 청년이라서…."

내가 머쓱해하니까 그 여학생이 말했다.

"더 오래되신 청년 분들도 많아요! 환영해요! 꼭 나오세요!"

돌아오는 내내 그 여학생의 정직하고 아름다운 미소가 떠올라 마음이 따뜻했다. 여학생의 해맑고 용기 있는 미소를 보면서 알았다. 미소가 사람을 움직일 수 있다는 것을.

향수 가게에 들어가서 향수를 사지 않아도 가게에서 나올 때는 몸에 향기가 배어 있듯이, 좋은 사람들과의 교제는 나를 변화시킨다.

용기야말로 남자도 여자도 아름답게 보이도록 만든다.
영국 속담

때로 용기는 정복자의 마음까지도 움직이게 한다.
베르길리우스

근신하며 산다는 것은

촬영하러 일본에 머물 때의 일이다. 통역해 주는 친구에게 하나님을 전하고 싶었다. 마침 촬영 중간에 시간이 조금 생겨서, 그 친구를 데리고 한인 교회에 예배를 드리러 갔다. 태어나서 처음으로 교회에 간다는 그 친구 때문에 떨리기도 하고 설레기도 했다. 교회에 도착해서 자리를 잡고 예배드리는 중이었다. 평소 허리가 좋지 않던 그 친구가 예배 시간 동안 자세를 자주 고쳐 앉았다. 그때 우리 뒤에서 예배드리던 아주머니 한 분이 그 친구 등을 탁 치면서 말했다.

"아휴! 좀 가만히 앉아 있어. 산만해서 예배를 드릴 수가 없네!"

아주머니의 찌푸린 얼굴과 신경질적인 말투가 정말 부끄럽고 창피했다. 일어탁수(一魚濁水). 한 마리의 물고기가 모든 물을 흐리는 것처럼 몇몇 사람들 때문에 여러 사람이 피해를 본다. 각자의 자리에서 남을 위하는 마음으로 지내는 삶의 태도가 필요하다. 예배드리고 나갈 때 그 친구를 째려 보던 아주머니가 나를 발견하고는 갑자기 웃으면서 말했다.

"신현준 씨가 우리 교회에 어쩐 일이세요?"

그때 대답하기 싫었다.

먼저 된 자와
나중 된 자

우연히 라디오에서 들은 이야기다. 어느 목사님이 크리스마스 시즌에 붐비는 명동 거리에서 좋은 구세군 자리를 얻기 위해, 이른 새벽부터 준비해 자리를 정하고 구세군 모금을 하고 있었다. 그런데 느지막한 시간에 어떤 스님이 와서는 옆에 자리를 잡고 목탁을 치기 시작했다. 아무런 말도 없이 옆자리에서 모금하는 스님이 밉기도 하고 괘씸한 생각이 들어서 예정했던 시간보다 일찍 돌아갈 준비를 하고 있었다. 그때 묵묵히 목탁을 치던 스님이 외쳤다.

"잠깐만요!"

그러고는 그날 모금한 것을 모두 구세군 통에 넣었다. 이 이야기를 들으면서 내가 느끼고 보는 것만으로 사람의 가능성까지 결정하고 평가하지는 않았는지 생각해 보았다. 에디슨은 다섯 살 때 오리알을 품에 넣어 부화시키겠다고 시도한 어리석은 아이였고, 열세 살 때 퇴학을 당한 우둔한 아이였다. 로댕의 학교 성적은 항상 꼴찌였고, 예술학교 입학을 세 번이나 거부당했다. 아인슈타인은 네 살 때까지 말을 전혀 할 줄 몰랐고, 담임선생님은 그를 '정신 발달이 느리고 사교성이 없으며 환상에 사로잡힌 아이'라고 혹평했다. 록 펠러는 장래성이 보이지 않는다고 첫 번째 여인에게 버림 받은 가난한 사람이었다. 카루소는 "성악가로서의 자질이 전혀 없다. 네 목소리는 덧문에서 나는 바람 소리 같다"는 혹평을 들었다.

먼저 된 자로서 나중 되고 나중 된 자로서 먼저 될 자가 많으니라.
마태복음 19:30

우리에게 가장 부족한 것은 마음의 눈이다.
우리는 남의 나쁜 점을 알아보는 데는 눈이 밝으면서, 자신의 나쁜 점은 전혀 보지 못한다.
브라운

아직 잠시 동안 빛이 너희 중에 있으니 빛이 있을 동안에 다녀 어둠에 붙잡히지 않게 하라.
요한복음 12:35

하나님을
증거한다는 것

배우에는 두 종류가 있는 것 같다. 나서기 좋아하는 배우(정준호)와 그냥 있는 걸 좋아하는 배우(신현준 ㅋㅋ). 나는 사실 그냥 묻혀 있는 게 좋은 사람이다. 사람들이 간증하라고 하면 늘 그랬다.

"할 이야기도 없고요… 제가 무슨….”

나는 그게 겸손인 줄 알았다. 유명한 여자 대학에서 채플 시간에 간증해 달라는 초청이 왔을 때도 고개를 절레절레 흔들었다. 게다가 난 노총각인데… 싫어~~ 그런데 매니저가 나를 설득했다. 이건 꼭 했으면 좋겠다고. 갑자기 그런 생각이 들었다. 이렇게 피해서는 안 되겠다는, '나를 필요로 하는 지금이 기회다'라는 생각, 지금 위치에 있을 때 해야 한다는 생각, 어느 순간 간증할 기회조차 없어질지 모르기 때문에. 나는 이제까지 하나님의 시선이 아니라 사람들의 시선을 부담스러워했다는 것을 알았다. 아직 부족하다는 핑계가 사실은 자만이었고, 그 때문에 하나님의 일을 놓쳐 왔다는 생각이 들었다. 채플에 가기로 하고, 가서 어떤 이야기를 해야 하나 고민하며 오랫동안 기도했다. 드디어 그날, 학교에 도착하니 관계자 분이 마중 나왔다.

"원고는 잘 준비해 오셨나요?"

나는 빈손으로 갔는데… 다른 이들은 다 원고를 써 온다고 했다. 그 말을 듣고 나니 갑자기 불안했다. 게다가 막상 채플실에 들어가 보니 생각보다 학생들이 너무 많았다. 학생들만 수천 명에 성가대만도 백 명이 넘어 보였다. 걱정이 몰려왔다. 간증하는 게 이렇게 부담이 심할 줄은 몰랐다. 총장님이 나를 소개하실 때, 나는 마음속으로 하나님께 다급히 기도했다.

'하나님, 도와주세요. 솔로몬에게 주셨던 지혜를 주세요.'

준비해 간 원고는 없었지만, 기도하니 마음이 편안해졌다. 하나님은 내가 준비해 간 것보다 훨씬 많은 이야기를 하게 하셨다. 이야기하다 보니 학생들이 점점 내게 집중하는 것을 느낄 수 있었다. 하나님이 이야기를 멈추게 하셨을 때는 학교 측에서 요구한 대로 정확히 50분이 지난 다음이었다. 놀랍게도! 나는 간증을 끝내고 나오면서 매니저에게 말했다.

"있잖아! 내가 이야기하는데 학생들이 점점 내 쪽으로 다가오더라."
"형, 있잖아. 소리가 작았대. 그래서 학생들이 더 집중해서 들었나 봐."

하나님은 얼마나 섬세한 분이신지… 정말이지 나는 하나님의 명령대로만 하면 된다. 나의 간증은 하나님이 내게 주신 역사다. 내가 겪었던 일을 통해 다른 이들을 위로해야 하는 의무이자, 그들의 마음을 움직이게 해야 하는 권리다. 그날 나의 간증으로 한 영혼이라도 구원받았다면 나는 이 세상에서 제일 행복한 사람이다.

믿음이와 오잉이의 대화

#1

믿음이: 오잉아, 교회 같이 다니자. 내가 데리러 갈게!

오잉이: 싫어. 나 교회 안 가!

믿음이: 왜?

오잉이: 야, 교회 다니는 사람들이 더 못됐더라. 남 얘기 많이 하고, 서로 헐뜯고 싸우기나 하고.

믿음이: 교회는 사람 보고 다니는 게 아니야. 하나님 보고 다니는 거지. 같은 뜻을 가지고 모였다 해도 소리가 나기 마련이야. 교인들도 똑같은 사람이니까. 하지만 모두 하나님을 따르려고 한자리에 모였다는 사실은 변하

지 않아. 그래, 나도 조심해야지! 오잉아! 나 믿고 한 달만 같이 교회 나가 보자. 한 달 뒤에도 너에게 아무런 변화가 없다면, 그때는 네 마음대로 해.

오잉이: 알았어. 그런데 하나님 믿으면 뭐가 좋은데?

믿음이: 하나님께 구원받고, 하나님의 자녀가 되는 거야. 하나님이 너의 죄를 사해 주실 거야. 가장 큰 변화는 마음의 평안을 얻고 행복함을 느낄 수 있는 것이야. 하나님을 내 마음에 영접하는 순간, 세상 고민들이 다 사라지고 든든한 후원자를 얻게 되지. 나를 지켜 주고 도와주고 단잠도 주시는 후원자! 널 위해 기도할게! 네가 하나님을 만날 수 있도록!

#2
믿음이: 교회 분위기는 어때? 편안하고 차분하지?

오잉이: 응! 아직은 잘 모르겠지만 느낌은 좋아! 근데 왜 다들 찬양할 때 손을 저렇게 올리는 거야? 안 어색하니? 되게 이상해.

믿음이: 하하하. 사실 나도 처음에는 무지 어색했어. 손을 들어야 하나 말아야 하나… 쑥스럽기도 했고… 그런데 하나님에게 받은 사랑으로 하나님을 높이는 찬양을 하고 있을 때면 나도 모르게 손이 올라가더라. 올린 손으로 나의 하나님의 은혜에 더 가까이 닿을 수 있을 것만 같아. 내 안의 성령이 너무도 충만해서 자신도 모르게 손을 올려 하나님을 높이는 아름다운 찬양을 하는 거야.

#3
오잉이: 야, 요즘 이상하게 목사님 설교가 꼭 나한테 하는 얘기처럼 들린다? 저번 주일에도 엄마랑 다투고 왔는데, 부모님 공경에 대한 설교더라! 속으로 뜨끔했어.

믿음이: 너도 느꼈구나! 나도 종종 그래! 근데 난 그렇게 생각해. 하나님이 목사님을 통해 내게 말씀해 주시는 거라고. 우연을 가장한 하나님의 가르침이라고. 내가 고난에 빠져 한 치 앞을 못 보고 헤매일 때도 하나님은 목사님의 입을 빌려 내가 가야 할 방향과 택해야 할 최선의 길을 말씀해 주셨어! 그렇게 하나님은 우리 모두를 보살피고 사랑으로 인도해 주셔.

오잉이: 그럼 나도 이제 하나님의 보살핌을 받는 하나님의 자녀가 된 거야?

믿음이: 당연하지. 넌 이미 하나님의 자녀였어.

#4
믿음이: 오잉아, 10시까지 데리러 갈게.

오잉이: 믿음아, 미안. 오늘 부모님 모시고 교회 가기로 했어! 내가 전도했거든.

믿음이: 와우~

오잉이: 그리고 저번에 찬양하는데 손이 너무 자연스럽게 올라가더라. 묘한 기분이었어. 막 눈물 날 것 같고. 나도 이제 하나님이 계시다는 걸 알 것 같아. 정말 고마워, 믿음아. 내게 하나님을 알게 해 줘서.

말을 하든지 일을 하든지, 무엇을 하든지,
모든 것을 주 예수의 이름으로 하고,
그분에게서 힘을 얻어서,
하나님 아버지께 감사를 드리십시오.
골로새서 3:17, 《표준새번역》

고래 심줄의 행복

한번은 어느 기자가 인터뷰를 하러 왔다가 나도 몰랐던 내 이야기를 알려 주었다. 내가 안성기 선배님 다음으로, 박중훈 선배님과 엇비슷하게 우리나라 남자 배우 중에서 주인공을 제일 많이 한 배우라고. 나는 너무 기쁘고 감사해서 그 기자에게 되물었다.

"정말요?"

안성기 선배님의 연기에 빠져 배우의 길에 들어섰던 때가 엊그제 같은데… 연륜 있는 배우들 명단에 내 이름이 오르다니. 주님께 감사할 뿐이다. 생각해 보면 나는 고래 심줄이다. 나와 같이 연기를 시작했던 친구들은 하나둘씩 현장을 떠났고, 나와 같이 현장을 누비던 조감독들이 지금은 다들 감독이 되었다. 내가 이렇게 생명력 있는 배우가 될 줄은 나도 몰랐다.

그러다 보니 이제는 영화를 만들기가 좀 수월해졌다. 그저 있는 대본을 가지고 하는 것이 아니라 이런 영화는 어떨까, 저런 영화는 어떨까 고민하며 감독들과 함께 영화를 기획한다. 시나리오 작업을 할 때 옆에 앉아서 대사도 직접 찾는다. 그래서 영화 한 편 찍는 기간이 남들보다 오래 걸리기는 하지만, 마치 한 생명을 낳아 기르듯 영화 한 편 한 편을 찍을 수 있게 되었다. 그러다 보니 내게는 '두려움'이 없어졌다.

"다음에 이보다 더 좋은 작품을 못하면 어떻게 하지?"

배우들이 흔히 가질 수 있는 이런 두려움이 나를 떠난 지는 오래되었다. 이런 두려움에 시달리면 인생이 너무 비루해지니까. 어떤 사람이라도 계속해서 1등만 하지는 못한다. 1등을 하다가 2등을 할 수 있고, 꼴등도 할 수 있는 게 인생이다. 안성기 선배님은 한국 영화의 90퍼센트 이상을 주연 배우로 활약하셨지만, 지금은 조조연 역할을 하면서도 만족하신다. 행복의 잣대를 어디에 놓는가에 따라 인생이 달라진다.

나는 행복의 잣대를 '지금 하고 싶은 일을 할 수 있다'에 놓는다. 내가 해 보고 싶은 영화를 시도해 볼 수 있다는 것은 굉장한 축복이다. 그래서 배우로서의 욕심을 내려놓을 수 있다는 것에 또한 감사하다.

우리 교회 선교위원 분들 중에 의사인 집사님이 이렇게 말씀하셨다.

"하나님과 가까워지면서 행복을 보는 눈이 달라졌어. 돈이 많은 부자 의사보다 의술을 베푸는 의사가 더 행복하더라."

그분의 얼굴을 보면 마치 행복의 실체를 만난 것 같다.

나도 이런 사람이 되고 싶다. 다른 사람이 내 얼굴만 보고도 행복을 느낄 수 있는 사람이기를, 선과 혜영 부부처럼, 차인표와 신애라 부부처럼 하나님을 믿으면 정말 저렇게 행복해지는가 하고 한번쯤 생각해 볼 수 있는 사람이 되기를, 모든 사람에게 비전을 주고 소망을 주는 사람이 되기를.

하나님한테도 부모님한테도 좋은 아들이 되기를, 강요하지 않고 일방적이지 않으면서 극장문을 나설 때 잊지 못할 메시지를 심어 줄 수 있는 배우가 되기를, 쉽게 찾아갈 수 없는 오지에 교회를 세워서 더 많은 사람들에게 하나님을 알릴 수 있는 사람이 되기를, 하나님을 잘 모르는 나라에 내 영화들이 많이 소개되어서 내가 그 나라에 가서 하나님을 전할 수 있기를, 모든 사람이 하나님만을 사랑하는 날이 오도록 내가 조그마한 일이나마 할 수 있기를.

기도한다. 계획은 사람이 해도 이뤄 주시는 분은 하나님이라고 하셨으니, 나는 오늘도 그저 하나님이 주신 이런 마음들을 품고 기도할 뿐이다.

자녀들아 우리가 말과 혀로만 사랑하지 말고 오직 행함과 진실함으로 하자.
요한1서 3:18

우리가 대가를 기대하면서 의무를 행할 때 그것은 선이 아니라
기만에 찬 선의 모형, 선의 유사품이다.
키케로

꿈을 향해

달려가며

유머 있는 사람이
되고 싶다

멜 깁슨은 <브레이브 하트>라는 영화로 감독상을 받았다. 그는 단상에 올라가 무대 앞에 앉아 있던 스필버그 등 내로라하는 감독들을 쳐다보며 웃으면서 말했다.

"당신들 모두 배우가 되고 싶었지만 얼굴이 안 되서 감독 된 거 아냐? 난 배우야! 그런데 심지어 감독상까지 받았어!"

앞에 있던 감독들이 모두 일어나서 박수를 치며 축하해 줬다. 이들의 여유와 유머… 나도 그 여유와 유머를 갖고 싶다. 영화뿐 아니라 이 세상의 어떤 일이든지 일하면서 긴장하고 스트레스를 받지 않는 사람은 없다. 스트레스는 스트레스일 뿐이다. 그것이 내 삶을 옭아매기 시작하는 순간, 나의 행복뿐 아니라 다른 사람의 행복도 빼앗기 때문이다. 현대인의 질병은 대부분 스트레스에서 온다는 것을 내가 굳이 말해 무엇하겠는가.

나는 외롭고 슬플 때, 괴롭고 힘들 때 웃는다. 하늘의 왕이셨던 예수님은 누추한 마굿간에서 태어나셨다. 가난한 생활을 하셨고, 주변에는 모두 천대받고 소외받는 사람들뿐이었다. 예수님은 그들을 오직 애정과 사랑으로 대하셨다. 늘 여유 있고, 사람들이 많이 따랐던 예수님도 잘 웃고 유머 있는 분이 아니셨을까?

유머는 인생을 향상시키고 풍요롭게 하지요.
유머는 위트처럼 날카롭지 않고 풍자처럼 잔인하지 않아서 따뜻한 웃음을 짓게 합니다. 요즘 사람들은 긴장, 초조, 냉혹함 등으로 불안해하는 경우가 많은데, 유머가 있다면 인생은 따뜻해집니다. 유머를 가진 사람은 너그럽지만 유머가 없는 사람은 빡빡하고요. 유머가 풍부한 작품들을 접하면서 우리는 웃을 수 있는 동시에 '센스 오브 유머'를 터득할 수 있어요. 좀 더 밝은 생활을 할 수 있는 것이지요.

피천득

스타와 악플러

스타 한 명이 만들어지려면 여러 사람의 노력과 오랜 시간이 투자된다. 이것들이 다 충족되었다고 해도 모두 스타가 되는 것은 아니다. 많은 이들이 스타가 되려고 노력하지만, 스타가 되는 사람은 그 중 1퍼센트에 지나지 않는다. 스타는 선택받은 사람일지도 모른다.

일본의 유명한 영화감독 구로자와 아키라가 오스카에서 공로상을 받았다. 미국의 스티븐 스필버그와 조지 루카스가 거장의 노인에게 동양의 예를 갖춰 머리를 숙이고 시상하는 모습을 보면서 행복했다. 부럽기도 하고. 영웅을 인정하고 아끼고 존경하는 그들의 모습이 샘이 날 만큼 아름다웠다. 어쩌면 일본 사람 모두가 구로자와를 오스카로 보낸 것인지도 모르겠다. 일본은 구로자와는 영웅을 인정하고 존경했다.

남이 잘될 때 흠을 잡고 무너뜨리려는 사람들을 가끔 본다. 내게도 그런 모습이 있다. 부정하고 싶은 현실이다.

영국에서 토머스 크레이븐이라는 모범생이 자살을 했다. 그는 자살할 이유가 전혀 없었다. 그런데 그의 일기에 이런 글이 적혀 있었다.

"우리 가정이 악마의 저주를 받아 가족들이 일찍 죽는다는 소문을 들었다. 죽음이 두렵다. 어차피 죽을 운명이라면 어머니 곁에서 죽으련다."

이 소년을 죽인 범인은 바로, 이 가정에 적개심을 품은 한 사람이 퍼뜨린 유언비어였다. 악플 때문에 젊고 아름다운 친구들을 얼마나 더 잃어야 하는가. 얼굴을 감추고, 악성 댓글을 다는 그들은 비이성적이다. 특정인의 정서를 파괴하고 벼랑 끝으로 몰아세우는 그들은 살인에 공모했다. 비겁하고 얼굴 없는 살인자. 골방에서 한 일이라도 하나님이 다 보고 계신다. 누군가에게 상처를 입혔다면, 더 큰 상처를 입게 될 것이다. 내 주변이 잘되면 얼마나 기분 좋은 일인가. 잘되는 사람들이 많아야 좋은 세상이 아닌가.

남을 헐뜯는 나쁜 말은 세 사람을 죽인다. 나쁜 말을 퍼뜨린 사람
그 자신, 그것을 듣고 있는 사람, 그 화제가 되고 있는 사람.
《탈무드》

남의 말 하기를 좋아하는 자의 말은 별식과 같아서
뱃속 깊은 데로 내려가느니라.
잠언 18:8

혀를 다스리기

한번 뱉은 말은 다시는 주워 담을 수 없다. 선하고 아름다운 말은 용기와 행복을 주지만, 악한 말은 영혼을 더럽히고 평생 지워지지 않는 상처를 남긴다. 때로는 관계를 회복할 수 없는 지경까지 이르게 한다.

슬픔과 고통을 겪는 사람에게 위로의 말을, 고난을 겪는 사람에게 격려의 말을, 실패를 맛본 사람에게 희망의 말을 전하라. 당신의 지혜로운 말 한마디가 얼마나 큰 용기가 되고 위로가 되는지… 당신의 입술은 사람을 변화시키는 보석이며 보배다. 언어는 사람들 사이의 거리를 좁혀 준다. 사랑의 말은 세상의 모든 상처를 치유할 수 있다.

우리 몸은 대부분 모든 것이 두 개로 이루어져 있다. 손, 발, 눈, 귀… 그런데 하나뿐인 것은 특히 절제하고 조심하란 뜻이다. 물고기는 언제나 입으로 낚인다. 사람도 마찬가지다. 사람이 태어나서 말을 배우는 데는 2년이 걸리지만, 침묵을 배우는 데는 60년이 걸린다.

장미꽃은 가시 사이에서 자란다. 나무는 그 열매로 알려지고 사람은 업적으로 평가받는다. 겉모습만으로 사람을 평가해서는 안 된다. 만나지도 이야기해 보지도 않고 남의 얘기만 듣고 선입견을 가지고 있다가 그 사람을 직접 만났을 때 후회하거나 미안해한 경험이 누구나 있을 것이다. 누군가를 만나 보기 전에 미리 평가하지 말라. 나도 마찬가지 상황에 처할 수 있으니까. 내가 남긴 글이나 말 때문에 상처받을 사람들을 생각해 보라. 예수님은 비난받지 않으려면 비난하지 말라고 하셨다.

지나친 말을 하는 것도 미련한 자에게 합당하지 아니하거든 하물며 거짓말을 하는 것이 존귀한 자에게 합당하겠느냐 … 미련한 자라도 잠잠하면 지혜로운 자로 여겨지고 그의 입술을 닫으면 슬기로운 자로 여겨지느니라.
잠언 17:7, 28

살다 보면 부득이 선의의 거짓말을 할 때가 생긴다. 만약 거짓말을 하지 않으면 동지에게 큰 해가 돌아갈 때만 거짓말을 해야 한다. 그럴 때도 침묵을 지키며 거짓말을 안 할 수 있다면 그게 더 좋은 것이다.
도산 안창호

입을 적게 움직이고 머리를 많이 움직여라.
아인슈타인

사색 소년과 독서

유럽을 여행할 때면 지하철이나 공원에서, 레스토랑에서 책 읽는 사람을 어렵지 않게 볼 수 있다. 거창한 시간을 따로 마련하지 않고, 삶의 일부분으로 독서를 즐기는 모습. 부럽기도 하고 닮고 싶기도 하다. 우리나라의 1인당 연평균 독서량이 선진국의 1/3에도 못 미친다고 하니, 독서량과 경제력에 어떤 상관법칙이 존재하기는 하는 모양이다.

중학교 때인가 국어 교과서에 <인연>이란 제목의 피천득 선생님의 수필이 실렸는데, 인쇄된 글들이 모락모락 피어나 스크린 속 남녀 주인공처럼 또렷하고 생생하게 내 앞에 펼쳐졌던 기억이 난다. 붓 가는 대로 쓰는 것이 수필이라 했는데, 선생님의 인연에 대한 보고서는 사춘기 소년에게 사색이라는 엄청난 아름다움을 선물했다. 스위이트피이, 하얀 운동화, 목련과 연두색 운동화, 백합의 '아사코' 때문에 일본 여자를 동경하게 만들었던 이 수필의 작가는 내가 가장 좋아하는 대상이 되었다. 그의 유머와 삶에 대한 소박한 애착, 굳이 자신의 것을 내세우지 않는 겸손함을 닮고 싶다.

그리워하는데도 한 번 만나고는 못 만나게 되기도 하고, 일생을 못
잊으면서도 아니 만나고 살기도 한다.
피천득, 《인연》

가장 훌륭한 벗은 가장 좋은 책이다.
체스터필드

책 없는 방은 영혼 없는 육체와 같다.
키케로

좋은 책을 읽는다는 것은 과거의 가장 훌륭한 사람들과 대화하는 것이다.
데카르트

대표자로 산다는 것

영화 <디 워>를 미국에서 보는데 한국인으로서 어찌나 뿌듯하고 초조하던지. 영화관에 들어온 미국 관람객들의 반응도 살피게 되고. 영화의 마지막 장면에 <아리랑>이 흐르는데 나도 모르게 울컥했다. 영화의 완성도, 작품성, 흥행 성적을 떠나서 나는 한국 사람이기 때문에.

초등학교 때 가족과 함께 외국을 여행했다. 나는 어린 마음에 아빠에게 기차를 타자고 무작정 졸랐고, 아빠는 나를 타이르셨다.

"지금은 이 나라 돈이 없으니 내일 타자."

그때 뒤에 있던 한 남자가 우리 가족이 승차할 수 있을 만큼의 돈을 건네주었다! 아버지가 고마운 마음에 달러를 주려고 하자, 그가 말했다.

"지금 환율도 모르니, 정확하게 계산해서 내 계좌로 송금해 주시오."

아버지는 가만히 그에게 되물었다.

"우리를 어떻게 믿고 선뜻 돈을 건네고, 계좌로 돈을 보내라고 하십니까?"

아빠가 되묻자, 그가 말했다.

"당신들은 어느 나라에서 왔소?"
"우리는 한국 사람입니다."
"그럼 됐소. 그거면 충분하오. 당신들이 돈을 송금하지 않는다면 당신들은 한국을 망신시키는 거잖소?"

나는 그때 처음으로 내가 나만의 것이 아니라, 가족과 대한민국과 하나님 나라를 대표하는 사람이라는 것을 알았다. 이제까지 살아오면서 이 대표자 정신을 한 번도 잊은 적이 없다. 하나님이 주신 삶의 자리에서 최선을 다하면, 우리는 모두 우리나라를 온 세계에 알리는 사람이 될 수 있다. 우리나라를 세계에 알리는 나와 우리가 되기를.

우리나라에 위대한 지도자가 없다고 한탄하는 사람이 많소,
허나 그렇게 한탄하는 자신은 왜 지도자가 될 결심과 노력을 하지 않소!
도산 안창호

친절을 베푼다는 것

미국 메릴랜드 주의 한 마을에서 있었던 일이다. 더위와 굶주림에 지쳐 있던 외판원 청년이 어느 허름한 집을 방문했다. 한 소녀가 그 청년을 맞이했다.

"죄송합니다. 우리는 너무 가난해서 책을 살 수 없어요."

소녀는 미안한 마음에 집에 있는 우유를 대접했다. 청년은 소녀의 친절과 이쁜 마음에 감동해서 그녀의 이름을 수첩에 적어 두었다.

20여 년 뒤, 메릴랜드 병원에 한 중환자가 실려 왔다. 병원장인 하워드 켈리 박사는 의사들을 총동원해 환자를 살려 냈다. 하지만 환자는 1만 달러가 넘는 치료비 청구서를 받고 눈앞이 캄캄해졌다. 그런데 청구서 뒤에는 병원장의 짤막한 편지 한 장이 붙어 있었다.

"20년 전에 저에게 준 우유 한 잔이 기억납니다. 그때 제게 베풀어 준 친절로 치료비는 충분합니다."

친절이나 선행으로 다른 사람을 기쁘게 했다면 자신은 몇 배로 더 즐거워진다. 우리 모두가 하루에 한 번 타인에게 친절을 베풀거나 양보한다면 세상은 얼마나 더 예뻐질까.

사람에게 보이려고 그들 앞에서 너희 의를 행하지 않도록 주의하라.
마태복음 6:1

이 세상이 변하길 원한다면 당신이 먼저 그렇게 변하라.
간디

한결같은 친절은 세상을 아름답게 한다.
톨스토이

아는 것만으로는 충분하지 않다. 이를 적용해야 한다.
의지만으로는 충분하지 않다. 이를 실천에 옮겨야 한다.
괴테

나의 로망, 오드리 헵번

2차 세계대전 때 어느 소녀가 굶어 죽기 직전이었다. 그때 한 구호단체가 나눠 준 빵 한 조각을 먹고 그녀는 겨우 목숨을 지킬 수 있었다. 그녀는 나중에 세계적인 영화배우가 되었다. 그녀의 이름은 오드리 헵번! 그녀는 늘 이렇게 말했다.

"은혜를 받았으니 이제 내가 은혜를 갚으며 봉사할 차례입니다. 절망의 늪에서 나를 구해 준 사람들을 위해 이제 내가 도울 차례입니다."

그녀는 죽기 전까지 이 단체의 홍보대사로 세계를 다니며 굶주린 사람들을 도왔다.

아름다운 입술을 갖고 싶으면 친절한 말을 하라.

사랑스러운 눈을 갖고 싶으면 사람들에게서 좋은 점을 봐라.

날씬한 몸매를 갖고 싶으면 너의 음식을 배고픈 사람과 나누어라.

아름다운 머리카락을 갖고 싶으면 하루에 한 번 어린이가 손가락으로 너의 머리를 쓰다듬게 하라. 아름다운 자세를 갖고 싶으면 결코 너 혼자 걷고 있지 않음을 명심하라. 사람들은 상처로부터 복구되어야 하며

낡은 것으로부터 새로워져야 하고 병으로부터 회복되어야 하고

무지함으로부터 교화되어야 하며 고통으로부터 구원받고 또 구원받아야 한다. 결코 누구도 버려서는 안 된다. 기억하라. 만약 도움의 손이 필요하다면 너의 팔 끝에 있는 손을 이용하면 된다. 네가 더 나이가 들면 손이 두 개라는 것을 발견하게 된다. 한 손은 너 자신을 돕는 손이고 다른 한 손은 다른 사람을 돕는 손이다.

오드리 헵번이 숨을 거두기 일 년 전,
크리스마스이브에 아들에게 준 글.

외모와 마음이 아름다운 오드리 헵번… 삶의 무게가 느껴지는 글이다. 나는 오드리 헵번 같은 배우가 되고 싶다. 하나님의 뜻을 실천하면서 사는 것이 하나님과 하나님의 법칙에 대한 신앙의 증거다. 행함이 없는 믿음은 그 자체가 죽은 것이다. 말씀을 열심히 배우는 사람보다 말씀을 열심히 실천하는 사람이 되고 싶다.

나의 돈지갑은
무거울까, 가벼울까

돈지갑을 무겁다고 생각하는 사람은 세상에 아무도 없다. 사실상 돈은 인생을 사는 데 큰 중대사가 아닐 수 없다. 세상의 모든 사람들이 돈을 많이 벌려고 애쓰고 노력한다. 하지만 나는 돈의 노예가 되고 싶지는 않다.

돈을 벌기란 얼마나 힘든가. 내가 가진 물건을 그 물건을 필요로 하는 사람들에게 파는 것은 장사가 아니다. 그 물건이 필요치 않은 사람에게 파는 게 장사다. 그렇다고 돈을 벌려고 술수를 쓸 필요는 없다. 돈은 버는 게 아니다. 은사다. 붙는 것이다. 물질은 하나님이 주시는 것이기 때문이다. 물질뿐 아니라 우리가 누리는 모든 것은 하나님이 주시는 것이다. 그것을 너무 사랑하면 하나님이 질투하신다.

돈을 가치 있게 쓰는 것은 우리의 할 일이다. 지혜로운 사람은 모든 사람에게서 무엇인가를 배우는 사람이고, 강한 사람은 자기 자신을 이기는 사람이고, 부유한 사람은 자신이 가진 것에 만족하는 사람이다.

사방으로 물을 흘려보내는 여느 바다와 달리 사해는 물을 밖으로 내보내지 않아 물고기가 한 마리도 살지 못하는 죽음의 바다가 되었다. 나누는 곳에 생명이 있고 행복이 있다. 움켜쥘수록 날아가 버린다. 나만 잘살면 된다는 생각으로 사랑도, 형제의 아픔마저도 잊어버리고 살고 있는 건 아닌가. 가끔 몸서리치며 돌아본다. 나는 하나님의 것을 맡아 아주 잠깐 관리하고 있는 것뿐인데, 내가 또 주인 행세를 하려 했다는 것을 알게 된다.

주라 그리하면 너희에게 줄 것이니 곧 후히 되어 누르고 흔들어
넘치도록 하여 너희에게 안겨 주리라 너희가 헤아리는 그 헤아림으로
너희도 헤아림을 도로 받을 것이니라.
누가복음 6:38

사람이 너무 가난하면 안 되지만 적당히 가난하고 적당히 부자여야 해.
그래야 마음이 편하거든.
피천득

우리가 쓰는 돈의 대부분은 남을 흉내 내는 데 쓰인다.
에머슨

아름다움을 보는 눈

숙소에서 촬영 현장까지 매니저와 함께 시골길을 따라 40여 분 가까이 차를 타고 가고 있었다. 차 안 가득 눈부신 햇살이 밀려왔다. 늘 듣던 찬양을 듣고 있었는데, 갑자기 그냥 이 모든 것이 감사하고 또 행복해서 눈물이 났다. 그때 운전하던 매니저가 갑자기 뒤돌아보며 말했다.

"형, 자꾸 눈물이 나와요. 기분이 이상해요. 그냥 모든 것이 감동적이에요. 너무 행복해요."

하나님이 우리에게 주신 모든 것이 너무도 감사해서, 우리가 같은 공간에서 같은 느낌을 가진 지금 이 순간이 행복해서 우리 둘 다 자꾸만 흘러내리는 눈물을 멈출 수 없었다. 그랬다. 행복은 정말 마음속에 있었다. 배우는 아름답지 못한 것에서 아름다움을 보고, 행복하지 못한 것에서 행복을 볼 수 있는 사람이다. 그래서 배우에게 따뜻한 시선은 무엇보다 중요하다.

사람의 얼굴은 2만 5천 가지의 표정을 지을 수 있다고 한다. 그렇다면 사람은 눈빛으로 몇 가지나 표현할 수 있을까? 눈에는 많은 것이 담겨 있다. 사람을 처음 볼 때 가장 먼저 보는 것도 눈이라고 한다. 하지만 표현하고 보는 것보다 중요한 것은 희망이 없는 곳에서 희망을 볼 수 있는 눈, 단점투성이인 사람에게서 장점을 발견할 수 있는 눈, 낮은 곳을 향하는 눈, 작은 것에서 아름다움을 보는 눈, 어두운 곳을 볼 수 있는 눈이다. 선한 자의 눈빛은 세상의 어두운 곳을 비추는 등불이 된다. 주님의 마음이 되어 세상을 볼 수 있는 눈을 가질 수 있도록 오늘도 나는 기도한다.

제가 행할 수 있는 선한 일과 친절을 모든 사람에게 베풀게 하옵소서.
제가 그것을 미루거나 핑계하지 않게 하옵소서.
제가 다시 이 길을 지나갈 수 없기 때문입니다.
어느 성도의 고백

무엇에든지 참되며 무엇에든지 경건하며 무엇에든지 옳으며
무엇에든지 정결하며 무엇에든지 사랑받을 만하며 무엇에든지
칭찬받을 만하며 무슨 덕이 있든지 무슨 기림이 있든지 이것들을
생각하라 너희는 내게 배우고 받고 듣고 본 바를 행하라 그리하면
평강의 하나님이 너희와 함께 계시리라.
빌립보서 4:8-9

내가 누군가를 행복하게
해 줄 수 있다면

오랜만에 휴식 시간을 보내게 되었다. 매니저 동생들과 온천에 갔는데 몸을 씻어 주시는 분이 한국 분이었다. 그 아주머니는 너무 반가워하면서 말씀하셨다.

"얼굴 보기도 힘든 사람, 나는 알몸까지 보네!"

온천을 끝내고 나오는데 아주머니가 느닷없이 말했다.

"고마워요."

나는 영문을 몰라 되물었다.

"왜요?"

"요즘 신현준 씨처럼 일하는 한국 사람들 덕분에, 일본에서 한국 사람들 입지가 무척 좋아졌어요. 일본 사람들이 여기 사는 한국 사람들을 대하는 태도도 달라졌어요. 심지어 한국 드라마나 영화 보려고 한국 말도 배우고 말예요! 그러니 감사하죠!"

그 아주머니와 헤어지면서 이렇게 생각했다.

'나도 내 일을 통해 누군가에게 기분 좋은 행복을 줄 수 있구나.'

더 열심히 살아야겠다는 생각, 더 큰 비전을 가지고 일해야겠다는 생각을 품고 촬영장으로 돌아왔다. 짧은 휴식에서 만난 반가운 얼굴 덕분에 촬영장에는 더욱 생기가 넘쳐 났다.

남에게 선을 행하는 자는 무엇보다 자기 자신에게 선을 행하는 것이다.
이는 그것에 대하여 보답이 있다는 의미가 아니라, 선을 행했다는
의식이 벌써 스스로에게 커다란 기쁨을 안겨 준다는 뜻이다.
세네카

남을 자기 자신처럼 존경하고, 자기 자신을 이기며,
내가 원하는 것을 남에게 베푸는 것이야말로
인애의 가르침이라고 할 수 있다.
이보다 더 높은 가르침은 없다.
공자

누구나
행복한 사람이다

영화 <노팅힐>의 한 장면이다.

유명 배우인 여주인공(줄리아 로버츠)이 남자 주인공(휴 그랜트)의 여동생 생일 파티에 가게 된다. 마지막 남은 케이크 한 조각을 두고 여기 모인 사람 중 가장 불쌍한 사람이 케이크를 먹기로 하고, 다들 저마다의 사연을 들려준다.

"나는 뚱뚱해!"
"난 머리카락도 없어. 깃털 몇 개지. 그리고 웃기는 안경 모양 눈을 가졌고 끔찍한 남자에게 매력을 느껴!"
"나는 가장 좋아하는 담배를 끊었고, 아이도 못 가져."
"난 이혼했고, 지금은 늙어서 얼굴도 쭈글쭈글해."

그들 중 가장 불쌍한 사람이 케이크를 먹으려는 순간, 줄리아 로버츠가 외친다.

"잠깐, 나는 어쩌고요?"

인기 배우인 그녀에게도 털어놓을 불행이 있다는 것일까? 친구들은 놀라고, 줄리아 로버츠는 거침없이 자신의 이야기를 쏟아 놓는다.

"나는 열아홉 살 때부터 매일 다이어트를 했어요. 그러니까 10년 동안 굶주려 왔죠. 여태껏 만났던 남자친구들은 형편없었고, 그들 중 한 명은 나를 때렸어요. 내가 상처를 받을 때마다 신문은 내 상처를 오락거리처럼 최악의 기사로 떠벌려 여기저기 보도했죠. 또 이렇게 보이려고 아주 고통스러운 수술을 두 번이나 받아야 했다고요. 세월이 흐를수록 내 모습은 사라지고, 더 이상 연기도 못한다는 것을 알 것이고, 나는 한때 유명했던 슬픈 중년의 여자가 될 거예요."

자신이 겪어 보지 못한 남의 자리가 커 보이고 화려해 보이기 마련이다. 우리 모두가 부러워하는 위치에 있는 사람들도 그들만의 어려움이 있다. 자신을 돌아보고 한 걸음만 뒤로 물러나서 보면, 누구나 세상에서 가장 행복한 사람이다. 자신이 얼마나 행복한 자리에 있는지 감사하며 살 수 있다.

사람들이 그녀에게 언제부터 춤을 추기 시작했느냐고 물어볼 때면, 그녀는 "어머니 뱃속에서부터가 아닌가 싶습니다. 아프로디테의 음식이었던 굴과 샴페인 덕분이었어요"라고 대답했다. 어머니가 임신 중에 마신 술을 아프로디테의 음식이라 말하는, 알코올중독자였던 어머니 덕분에 성공했다고 말하는 **이사도라 던컨**.

천식으로 자다가도 자주 일어나셨다는데, 그 덕에 참선할 시간이 많아져서 오히려 감사했다는 **법정 스님**.

모든 이에게 희망과 용기를 주는 행복 전도사. 전신 화상을 입고 죽음을 넘나드는 수술을 수십 차례나 했으면서 오히려 감사를 배웠다는 **이지선** 씨. 행복은 자신이 만드는 것이라고 말하는 그녀. 진정 아름답고 행복한 여자.

행복이란 밖에 있는 것이 아니라 내 안에 있는 것이다. 자신이 직면한
환경을 어떻게 해석하느냐에 따라서 그 환경은 고통이 될 수도 있고
행복이 될 수도 있다. 생각하기 나름이다. 행복은 먼 곳에 있지 않다.
작은 것을 가지고도 고마워하고 만족할 줄 알면 행복을 보는 눈이
열린다. 사실 행복은 지극히 사소하고 일상적인 데 있다. 주어진 삶을
살아라. 삶은 멋진 선물이다.
나이팅게일

조금밖에 가지지 않은 사람이 가난한 것이 아니라,
많은 것을 바라는 사람이 가난한 것이다.
세네카

순탄한 환경에 길들지 말라. 그것은 순식간에 지나간다.
가진 자는 잃는 것을 배우고, 행복한 자는 고생하는 것을 배워라.
실러

어떤 상황에서도 감사하는 법을 훈련해 온 사람의 삶은
엄청난 보상으로 가득할 것이다.
빌 헌터

사랑,
그 찬란함에 대하여

미국 인디애나 주의 작은 마을에서 일어난 일이다. 15세의 소년이 뇌종양에 걸렸다. 소년은 방사능 치료와 화학요법으로 치료를 받았다. 그 결과 소년은 머리카락이 모두 빠지고 말았다.

소년의 같은 반 친구들이 자발적으로 그를 도우려고 나섰다. 모든 학생들은 자기들도 삭발을 하게 해 달라고 부모에게 부탁했다. 뇌종양을 앓고 있는 브라이언이 학교에서 유일하게 머리카락이 없는 학생이 되지 않도록 하려고. 신문에는 가족들이 자랑스럽게 지켜보는 가운데 머리를 삭발하고 있는 학생들의 사진이 실렸다. 그 뒷배경에는 똑같은 모습으로 삭발을 한 수많은 학생들이 서 있었다.

영화는 사람을 표현하는 예술이다. 사람의 이야기는 러브 스토리다. 인생에서 가장 중요한 것이 사랑이기 때문이다. 만날 사랑 타령이라고 하는 사람들도 있겠지만, 그래도 영화의 주된 이야기는 사랑이다. 영화에서 영원한 소재이자 빼놓을 수 없는 것이 사랑이다.

촬영하러 해외에 나가 보면, 이 세상에 얼마나 많은 언어가 존재하는지 절감할 수 있다. 이 세상에 수많은 언어 중에서 가장 위대한 언어는 사랑이다. 이 세상에 수없이 많은 언어가 있어도 사랑 앞에서는 소용없다. 사랑은 서로 언어를 몰라도 눈빛만으로도 통한다. 하나님은 이 세상을 사랑으로 지으시고, 사랑으로 움직이도록 만드셨다. 이 세상을 움직이는 건 사람들의 사랑이고, 우리를 향한 하나님의 사랑이다. 사랑은 사람의 마음을 움직인다. 세상을 바꾼다. 우리는 사랑 때문에 살아간다. 오늘날 우리가 가진 모든 문제는 사랑이 없기 때문에 생기는 것이다.

하나님은 사랑이시다. 사랑 안에 있는 사람은 하나님 안에 있고, 하나님 또한 그 사람 안에 있다. 서로 사랑하라. 너무 사랑하면 잃는 것도 많다. 하지만 사랑이 크면 후회가 없는 법이다. 나는 하나님을 후회 없이 사랑하겠다. 나는 하나님의 사랑을 나타내는 사람이 되겠다. 이제 실천할 일만 남았다. 사랑하라, 사랑하라, 사랑하라.

허물을 덮어 주는 자는 사랑을 구하는 자요.
잠언 17:9

내가 너희를 사랑한 것같이 너희도 서로 사랑하라.
요한복음 15:12

남과 여

어떤 부부가 이혼하게 되었다. 남편은 곧 재혼했으나 나쁜 여자와 재혼해서 그도 똑같이 나쁜 사람으로 전락하고 말았다. 아내 쪽도 역시 나쁜 남자와 재혼했다. 그러나 나쁜 남자는 선량한 사람이 되었다.

여자는 그만큼 남자에게 더할 나위 없이 중요한 존재다. 아내를 고를 때는 겁쟁이가 되어야 한다. 현명한 여자는 남자를 변화시킨다.

하나님이 최초의 여자를 남자의 머리로 만들지 않으신 이유는 여자가 남자를 지배해서는 안 되는 탓이다. 남자의 갈비뼈로 여자를 만드신 이유는 여자가 언제나 그의 마음 가까이에 있을 수 있도록 하기 위해서다. 남자가 여자에게 끌리는 것은, 하나님이 남자의 갈비뼈를 가져다가 여자를 만드셨기 때문이다. 남자는 자신의 잃어버린 갈비뼈를 되찾으려 하고, 여자는 자신이 태어난 남자의 가슴으로 돌아가려고 한다.

결혼 생활은 A와 B가 만나 AB가 되는 것이 아니라, A와 B가 만나 또 다른 C가 되는 것이라고 들었다. 서로가 서로를 사랑하는 것은 자신을 무작정 따라오라고 하는 강요가 아니다. 배려하고 양보하고 이해하는 마음이 클 때 비로소 A와 B의 예쁜 것만 닮은 C가 되는 것이라고 생각한다. 부부는 닮는다. 내 미래의 배우자가 예쁜 것만 닮을 수 있도록 나의 나쁜 습관이나 단점은 미리미리 고쳐야지.

지혜로운 여인은 자기 집을 세우되
미련한 여인은 자기 손으로 그것을 허느니라.
잠언 14:1

두 사람의 영혼이 온갖 고생과 슬픔에서도 서로 의지하고,
온갖 고뇌에서도 서로 도우며, 이 세상에서 마지막으로 작별하는 그
표현할 길 없는 침묵의 순간에서도 서로 굳게 하나로 맺어지기 위해
영원히 결합되어 있다고 느끼는 것은 얼마나 위대한 일인가!
조지 엘리엇

사랑이란

키가 190미터가 넘는 농구선수 출신 감독. 그의 동갑내기 아내는 작은 키에 귀엽고 수줍음이 많은 여인이었다. 그런데 누구보다 듬직했던 남편이 '알츠하이머'라는 희귀병에 걸리게 되었다. 기억을 잃어 가며 아이처럼 변하는 남편은 이제 자신이 늘 안아 주기만 했던 여인의 품에서 기대는 날이 많아졌다. 그러자 아내는 점점 강하게 변했다.

어느 날 남편은 남보다 더 열심히 하던 치료를 거부했다. 그러면서 계속 무언가를 중얼거렸다. 아내는 남편을 달랬다.

"이러지 마! 열심히 했잖아! 포기하지 마! 여보, 제발…."

눈물을 흘리는 그녀를 보고 남편은 괴로워서 몸부림쳤다. 남편이 재활 치료를 받고 있는 동안, 아내는 병실에 혼자 있다가 무언가를 발견했다. 작은 상자였다. 그 상자 안에는 초라한 선물과 편지가 들어 있었다.

"여보, 정말 미안해! 점점 당신이 내 기억에서 없어지는 게 너무 무서워! 내년에도 당신의 생일을 기억하고 싶은데 자신이 없어. 나갈 수가 없어서 병원 매점에서 샀어. 이렇게밖에 축하해 줄 수 없네… 생일 축하해. 여보! 속만 썩인 나를 용서해 줄 거지? 기억이 없어진다 해도 당신과 함께했던 소중한 추억들을 내 마음속에 영원히 간직할 거야! 너무너무 고맙고 사랑해! 그리고 미안해!"

아내는 그때 알았다. 남편이 그동안 치료를 받지 않으려고 했던 것은 자신의 생일을 잊지 않기 위해서였다는 것을. 머릿속에 그토록 하고 싶은 말들을 남겨 놓으려고 했다는 것을.

사랑, 언제 들어도 감동 있고 가슴 설레는.

고등학교 3학년인 남학생은 동네에 사는 중학교 3학년인 여학생을 사랑하게 되었다. 그녀의 별명은 신데렐라. 별명처럼 그녀는 정말 아름다웠다. 남자의 진심 어린 청혼에 그녀는 사랑을 허락했고, 그녀가 고등학교를 졸업하자마자 둘은 결혼했다. 남자는 너무 행복했다. 어린 신부를 위해 정말 열심히 일했다.

하지만 질투의 화신은 그들에게 슬픔을 줬다. 남편이 교통사고를 당했다. 죽을 고비를 넘겼지만 몸을 잘 움직일 수 없게 된 것이다. 자신에게 들어가는 치료비가 점점 부담스러운 형편이 되었다. 부끄럼이 많던 아내는 이제 많은 사람들 앞에서 소리쳐 순대를 판다. 남편은 자신 때문에 고생하는 아내가 늘 안쓰럽고 미안하기만 했다. 아내에게 특별한 무언가를 선물하고 싶었던 남편은 아내 몰래 움직이지 않는 몸을 이끌고 피아노를 배웠다. 결혼기념일. 남편은 피아노를 연주했다.

"당신은 사랑받기 위해 태어난 사람~"

그리고 다가와서 아내 앞에 무릎을 꿇고, 그녀의 발에 새 신발을 신겨 주며 말했다.

"지금 비록 시장에서 순대를 파는 순대렐라지만 당신은 나의 영원한 신데렐라야. 미안해, 여보. 나 때문에 고생해서….."

아내는 남편의 눈을 바라보며 눈물을 흘렸다. 그리고 그를 안으며 이렇게 말했다.

"나한테 미안해하지 말아요. 내가 더 고마워요! 이렇게 살아 줘서!"

나는 사랑하는 사람을 만나면 내가 가지고 있는 것 중에 가장 소중한 걸 주고 싶다. 나의 하나님을 만나게 해 주고 싶다.

몇 번을 죽고 다시 태어난대도 결국 진정한 사랑은 단 한 번뿐이라고 합니다. 대부분의 사람은 한 사람만을 사랑할 수 있는 심장을 지녔기 때문이라죠. 인생의 절벽 아래로 뛰어내린대도 그 아래는 끝이 아닐 거라고 당신이 말했습니다. 다시 만나 사랑하겠습니다.
사랑하기 때문에 사랑하는 것이 아니라 사랑할 수밖에 없기 때문에 당신을 사랑합니다.

영화 〈번지점프를 하다〉

내 기억 속의 무수한 사진들처럼 사랑도 언젠가 추억으로 그친다는 것을 난 알고 있습니다. 하지만 당신만은 추억이 되지 않습니다. 사랑을 간직한 채 떠날 수 있게 해 준 당신께 고맙다는 말을 남기고 싶습니다.

영화 〈8월의 크리스마스〉

사람들이 영화가 끝나고 자막이 올라가도 새로운 장면을 기대하는 것처럼 우리의 사랑도 이미 끝난 것을 알면서 헤어짐을 미루려 한다.

영화 〈지독한 사랑〉

믿음, 소망, 사랑. 이 세 가지는 항상 있을 것인데 그 중의 제일은 사랑이라.

고린도전서 13:13

사랑하는 나의 가족

어린 시절의 이야기다. 미국에서 공부하던 누나들이 방학 동안 집에 오면 어린 마음에 어찌나 기쁘던지. 아직도 그 시간들이 생생하게 기억난다. 누나들이 미국으로 돌아가고 나면 누나 베개를 끌어안고 누나 냄새를 맡으며 며칠을 그렇게 울었다.

그래서인지 나는 공항을 별로 좋아하지 않는다. 만남의 장소이기도 하지만 이별의 공간이기도 하니까. 그런 그리움들이 애틋한 정이 됐는지, 누이들 생각만 하면 자꾸 웃음이 난다. 든든하다. 나는 누이들의 동생이라는 게 행복하고 자랑스럽다. 가족이란 이렇게 눈에 보이는 특별한 게 없어도 서로에게 커다란 희망이 된다. 커다란 버팀목이 되어 준다.

예전에 부모님이랑 미국에 유학 중인 누나 집에 간 적이 있다. 그런데 아버지가 화장실에 샤워기를 틀어 놓고 울고 계셨다. 누나가 성장해서 열심히 사는 모습을 보시고는.

'우린 정말 서로의 소중함을 느끼며 진심으로 사랑하고 있구나.'

나는 어렸을 때지만 느낄 수 있었다. 사랑에는 노력이 필요하다. 내가 지금 밖에서 이렇게 편안하게 웃을 수 있는 것은 부모님과 누나들이 있는 행복한 가정 안에서 자란 덕분이다.

이 소중한 가족이 있음에 하나님께 더욱 감사하다. 하나님이 주신 가장 큰 선물에 나는 기쁨으로 의무를 다할 것이다. 부족한 저를 위해 항상 기도해 주시는 아버지, 어머니! 혜선, 혜일, 승희 누나! 항상 건강하세요.

그리고 사랑합니다.

가족은 나의 대지이며,
나는 가족에게서 정신적 영양을 섭취한다.
펄벅

누구든지 자기 친족 특히 자기 가족을 돌보지 아니하면 믿음을 배반한 자요
불신자보다 더 악한 자니라.
디모데전서 5:8

그는 나의 형제요 함께 수고하고 함께 군사 된 자요
너희 사자로 나의 쓸 것을 돕는 자라.
빌립보서 2:25

친구라는 사람은 많지만, 떨어지면 그립고 꿈에도 보이는 그런 친구는 얼마
없다. 영혼의 교감이 있는 사이가 참다운 친구로 연령과는 관계가 없다.
주요한

영화가 좋아

내 영화의 가장 무서운 관객은 나 자신이다.

나는 다시 태어난다고 해도 영화를 할 것이고,
내 곁의 여인을 만날 것이고, 그녀를 사랑할 것이다.
또다시 태어난다고 해도 모든 것은 마찬가지다.

주윤발

목표의 도달은 종점이 아니라 기점이다. 자기 극복이 끝났을 때가
성공의 시작이다. 진실로 중요한 것은 배워서 얻은 내용이 아니라
배워서 얻는 방법이다. 인생에서 가장 귀한 것은 시간이다. 인생이란
바로 시간과 싸우는 것이다. 인내란 소극적이고 무기력한 것이 아니라
적극적이며 강렬한 것으로 저항하는 것이다.
Walk on! 정진하라!

이소룡

예술이란 사람들의 마음속에 숨겨져 있던 것이 드러나고, 어렴풋했던
것이 선명해지며, 복잡했던 것이 단순해지고, 우연이었던 것이 필연이
되는 것과 같은 사람의 마음에 대한 작용을 말한다. 진정한 예술가는
언제나 모든 것을 단순화한다.

아미엘

경쟁심으로는 어떤 아름다운 것도 만들 수 없고,
오만한 마음으로는 어떤 고귀한 것도 만들 수 없다는 것을 기억하라.

존 러스킨

나의 달려갈 길

나는 영화 현장에 있을 때가 가장 행복하다. 언젠가 친구에게 영원히 꺼지지 않는 촛불 그림이 그려진 엽서를 받았는데, 그 엽서 속 그림처럼 꺼지지 않는 열정으로 영화를 사랑하고 싶다. 그리고 주어진 사명대로 멋지게 사랑하며 살고 싶다. 그 어떤 틀에도 매이거나 갇히지 않는 자유인이고 싶다.

한 편의 영화를 끝내고 나면 마침표를 찍었음에도 이야기 속의 인물이 오랫동안 몸과 마음을 차지하는 경험을 종종 한다. 그런 매임을 즐기기도 하지만 미치도록 힘들 때도 있다.

배우에게 가장 힘든 것 중 하나가 깨끗한 백지 상태로 자신을 비우는 것이다. 그래야 다른 인물을 색칠할 때 그만의 색이 나올 수 있으니까. 나의 색이 조금이라도 묻어 있으면 그것은 나일 뿐이지, 내가 표현해야 할 인물은 될 수 없다. 그래서 나는 캐릭터를 만들 때면 다른 영화나 드라마는 구경도 하지 않는다.

대본을 보며 애써 캐릭터를 만들다가, 어느 날 신앙도 마찬가지라는 생각이 들었다. 의식과 자기 습관이라는 색으로 칠해져 있을 때는 완벽한 믿음이 자리 잡기 힘들다. 어린아이의 순수한 마음처럼 하얗고 투명한 색이 되었을 때에야 비로소 참된 신앙의 뿌리를 내릴 수 있으니까.

그동안 내가 정해 놓은 방식대로 나 자신을 위로하며 살고 있지는 않았는가 돌아보게 되었다. 나는 하나님의 자식이기에 하나님의 품을 떠나서는 살 수 없다. 하나님은 언제나 나를 부르신다. 나를 깨끗이 비우고, 하나님이 칠해 주시는 대로 감사하며 살아야겠다.

나는 내 눈과 마음을 통해 인생의 하나하나를 촬영해 간다. 머릿속에 오래 남는 영화가 있듯 내가 담은 필름 속에도 잊혀지지 않는 추억이 있다. 추억이 기억이 되고 기억이 추억이 된다. 인생의 좋은 스승들을 닮고 싶다. 무엇보다 예수님을 닮고 싶다. 백발의 노인이 되어 낡은 필름을 돌릴 때 파노라마처럼 펼쳐질 나의 이야기가 어느 햇살 좋은 휴양지에서 아침을 맞는 느낌이길 바라며.

예전을 추억하지 못하는 사람은 그의 생애가 찬란하였다 하더라도
감추어 둔 보물의 세목과 장소를 잃어버린 사람과 같다
피천득

책
속
의
책

실수가 없으신 하나님

이하늬 (배우)

미스코리아가 끝나고, 나는 유니버스를 위해 120여 일 동안의 힘겨운 시간을 보내야만 했다. 워킹, 영어, 메이크업, 운동, 춤, 라틴댄스, 한국무용 등의 혹독한 트레이닝. 드레스와 전통의상을 맞추기 위해 수백 번씩 피팅하면서 하루 24시간이 모자란 시간을 보내게 되었다. 단시간에 몸을 만들기 위한 고문에 가까운 운동, 온몸을 시퍼렇게 멍들게 했던 경락, 빈속에 몇 시간씩 추고 나면 한참 헛구역질을 해야 했던 춤 레슨. 이보다 더 두려웠던 것은 한참 어리고 아무것도 아닌 내가 나라를 대표해 무엇인가를 준비해야 한다는 중압감이었다.

나조차 의심스러웠다. 서울올림픽을 하던 해에 유니버스에서 딱 한 번 수상해 본 게 전부인 우리나라에서, 대회에 대한 아무런 노하우나 스폰서가 없는 환경에서, 영어권 나라도 아닌 아시아에 있는 한국이란 작은 나라의 견장을 찬 내가 금발의 8등신 미인들과 겨루어 얼마나 해낼 수 있을지.

나는 그 두려움의 강도만큼 하나님을 붙잡았다. 기댈 곳이 하나님밖에는 없었다. 트레이닝 기간 동안 새벽 예배에 나갔다. 수면 시간이 겨우 3시간 뿐인데, 새벽 예배에 가겠다니 다들 반대했다. 하지만 새벽에 하나님 앞에 부르짖는 시간이 있었기 때문에 그 모든 일을 감당해 낼 수 있었다. "너는 칼과 단창으로 내게 오거니와 나는 만군의 여호와 하나님의 이름으로 나아간다"는 소년 다윗의 말을 되뇌이며, 대회 날을 손꼽아 기다렸다. 미스코리아 대회 기간에도 예배는 내게 한줄기 빛과 같았다. 미스코리아 입소 전날, 아끼는 노란색 종이에 이런 글귀를 적었다.

"하나님께 예배하고 싶은 분들 함께 모여 예배해요."

합숙 장소에 입소해서 조심스레 친구들의 책상에 쪽지를 올려놓았다.

'세상적이라는 이곳에서 하나님을 사랑하는 이들과 예배하게 해 주세요.'

첫날에는 아무도 나와 있지 않았다. 둘째 날도, 셋째 날도… 혼자 예배드리는 것에 익숙해질 즈음, 하나님은 내게 귀한 동역자를 붙여 주셨다. 노란 쪽지를 보고 누가 보낸 것인지 궁금해하며 함께 예배할 친구를 찾고 있었다던 친구. 그 친구와 함께 예배드리기 시작했다. 두세 명이라도 내 이름으로 모인 곳에는 성령님이 함께한다고 약속하신 대로, 예배 장소는 열악했지만 예배에는 은혜가 넘쳤다.

합숙 내내 자리 하나를 놓고 치열하게 다퉈야 하는 살 떨리는 순간의 연속이었지만, 예배드릴 때만큼은 사랑과 평안이 있었다. 많은 친구들이 함께하기 시작했다. 그러나 얼마 지나지 않아 나와 친구는 주최 측 사무실에 불려 가 따끔한 소리를 들어야 했다. 계속 예배드리면 생활태도 점수를 반영하겠다고 했다. 그러고 나서 모임은 굉장히 어려워졌다. 결국 우리는 스스로를 죽여야 얻을 수 있는 새벽 시간과 저녁 시간에 예배드려야 했다. 새벽은 무리한 스케줄의 피로를 달래고, 미스코리아로 단장할 수 있는 유일한 시간이었다. 새벽 시간에 예배드린다는 것은 우리의 모든 것을 내어 드리는 것과 같았다. 또 저녁에 시간을 내려면 금식해야만 했다.

하지만 그런 상황에서도 하나님께 진정으로 예배하기를 원하는 친구들이 있었다. 우리는 마지막 본선을 치르는 날까지 하나님께 예배드릴 수 있었다. 본선을 치르던 날의 새벽 예배를 잊을 수 없다. 그날은 나와 친구 단둘이 예배드리게 되었는데, 그 친구는 어젯밤 알 수 없는 꿈을 꿨다고 했다. 꿈에 사람들에게 상을 받는데 조명이 꺼졌고, 무대에서 내려와 박수를 받았다는 것이다. 또 하나님이 내게도 말씀을 주셨다고 했다.

그를 높이라 그리하면 그가 너를 높이 들리라 만일 그를 품으면 그가 너를 영화롭게 하리라 그가 아름다운 관을 네 머리에 두겠고 영화로운 면류관을 네게 주리라. *잠언 4:8-9*

우리는 말씀을 나누고 기도한 다음, 대회를 준비하러 숨 가쁘게 자리를 옮겼다. 한 달 동안의 수고가 결실을 맺는 날. 1부가 시작되고 후보들 사이에 서 있는데 왜 그렇게 눈물이 나는 건지. 무대에 서 있는 하나님의 창조물들이 너무나 아름답고 예뻐서 가슴이 벅차 올랐다. 난데없이 부어 주시는 하나님의 감동 때문에 표정 관리조차 할 수 없었다. 나중에 들었지만, 부모님은 1부 때 내 표정을 보시고는 미리 포기하고 자리를 떠나셨다고 한다.

내 첫 동역자는 참가자들이 직접 뽑은 매너상을 받았다. 가장 헌신적이고 착한 이에게 주는 상이었다. 하나님의 은혜로 나는 진(眞)이, 함께 예배했던 샤론이는 선(善)이, 가장 힘든 순간에 기도하던 수현이는 미(美)가 되었다. 해외동포상과 우정상을 받은 친구들 또한 함께 예배드린 동역자들이었다.

할렐루야! 하나님의 예비하심과 채우심… 나를 비울 때 하나님은 비로소 채우신다. 유니버스를 준비하면서 가장 많이 묵상했던 말씀은 에스더서였다. "민족을 위해 죽으면 죽으리라" 하고 왕 앞에 나아갔던 에스더. 작고 약한 이스라엘 민족의 여인이었지만, 이국의 여왕의 자리에서 하나님의 딸로서 당당했고, 민족을 사랑했던 여인이다. 나도 에스더 같은 여인이 되어 내 사랑하는 나라와 하나님을 멋지게 알리리라 다짐했다.

대회를 준비하면서 두렵고 떨리는 마음으로 내 안에 세웠던 목표 3가지가 있었다. 하나, 하나님께 예배하고 동역자를 찾는 것. 둘, 한국을 멋있게 알리고 오는 것. 셋, 유니버스가 되는 것.

멕시코에서 한 달여 동안 합숙한 다음 유니버스 대회가 열리는데, 합숙 도중 치아바스라는 아름다운 섬에 있었다. 그때 나도 모르게 내가 좋아하는 찬양을 흥얼거렸다. 아름다운 풍경을 보니 하나님의 손길이 느껴져 나도 모르게 찬양이 흘러나온 것이다. 그때 어떤 친구가 내게 다가와 그 찬양이 자기가 제일 좋아하는 거라며 반갑게 인사를 건넸다. 그날 이후 그 친구를 비롯해 몇 명의 친구들과 함께 예배하고, 서로를 위해 축복하고 기도해 주는 시간을 가졌다. 한국에서 가져간 영문 말씀 카드를 친구들에게 선물하며 격려했다. 이렇게 하나님을 전할 수 있기를 얼마나 기도했던가.

유니버스에는 민족의상 테스트가 있는데, 내게는 드레스 테스트보다 더 소중한 시간이었다. 어렸을 때부터 국악을 전공해서인지는 모르지만, 몇 초 안 되는 시간이라 하더라도 한복의 아름다움을 전 세계 사람들에게 멋있게 소개하고 싶었다. 전통적이면서도 몇 초 안에 관객을 사로잡는 역동성과 카리스마를 갖기란 쉽지 않았다.

우리나라 최고의 한복 디자이너 선생님들을 찾아가 의상을 결정했다가도 다시 바꾸기를 수십 번 했다. 결국 합숙에 들어가서야 최종 한복을 받을 수 있었다. 설레는 마음으로 포장 박스를 열었는데, 거기에는 어머니의 편지와 말씀 카드가 있었다. 나는 한국과 어머니를 향한 그리움에 그 자리에서 펑펑 울어 버렸다.

네가 큰일을 행하겠고 반드시 승리를 얻으리라. *사무엘상 26:25*

이 말씀은 우리 집 곳곳에 붙어 있던 말씀이다. 그날 이후 나는 이 말씀을 벽에 붙이고 마음판에 새기며 묵상했다. 그날부터 모든 일이 빨리 진행되었다. 민속의상 테스트 이전에는 나오지 않던 좋은 결과들이 연이어 터지기 시작한 것이다. 내가 아끼는 가야금이 옥션에서 최고가로 낙찰되었고, 포토제닉 4위로 뽑혔다. 민족의상과 1차 인터뷰와 드레스와 용모에서 최고 점수를 받았다.

유니버스에서 준비할 수 없는 것이 한 가지 있는데, 바로 마지막 인터뷰다. 마지막 무대에서 TOP 5에 들면 심사위원들이 즉석에서 던지는 질문에 순발력 있게 대답해야 하는 것이다. 만약에 아주 만약에… 꿈 같은 일이지만 전 세계 수십억의 인구가 시청하는 생방송에서 내게 말할 기회가 생긴다면 무슨 말을 해야 할까… 이 문제를 놓고 기도할 때 주님이 낮게 말씀하셨다.

"네가 할 말을 예비하리라."

그리고 꿈처럼 나는 TOP 5에 들어 마지막 인터뷰 자리에 서게 되었다. 심사위원들이 질문했다.

"초능력이 있다면 무엇을 하겠어요?"

나도 모르게 나온 첫 대답은 이것이었다.

"제 꿈은 선교입니다."

무슨 생각으로 그 말을 뱉었는지는 모르지만, 아마도 그 순간 하나님이 내 입술을 사용하신 것이라고 생각한다. 그 한마디로 전 세계 선교단체로부터 동역하고 싶다는 제안을 받았다. 선교사님들의 자녀들에게 짧은 말이었지만 위로를 얻었다는 편지를 받았다. 참 놀라운 하나님의 예비하심이다. 대회를 치르고 한국에 돌아온 나는 한참을 후유증에 시달렸다. 대회의 긴장이 풀리고 일상으로 돌아오는 데 시간이 필요하기도 했다. 하지만 유니버스를 목표로 달렸던 내게 4위는 실패처럼 느껴졌다. 나는 유니버스가 되어서 하나님 나라를 선포하는 사람이 되고 싶었고, 그것이 하나님의 꿈을 실현하는 것이라 믿었다. 무엇이 잘못되었던 것일까.

마지막 무대에서의 실수들이 밤마다 떠오르면서, 너무나 명확했던 하나님의 뜻을 내가 망쳐 버린 것은 아닌가 하는 생각에 두려웠다. 나 자신을 혹독하게 책망했다. 힘든 날들이었다. 그러던 중 집으로 편지 한 통이 날아왔다. 할아버지와 아버지가 새벽 예배를 알리는 종을 치며 섬기셨던, 아버지 고향에 있는 작은 교회에서 달력 뒷장에 붓글씨로 쓴 편지였다.

"예수가 나를 위해 죽었으니 나도 예수를 위해 죽는다. 쾌락을 위해 사는 것은 살아도 죽은 것이요, 예수처럼 죽는 것은 죽어도 사는 것이다. 성령충만 지사충성. 지금 우리 교회는 노인 성도 두세 명밖에 되지 않지만, 매일 무릎으로 기도합니다. 우리 하나님은 실수가 없으시기 때문입니다."

실수가 없으신 하나님… 망치로 머리를 맞은 듯 그 문구가 머릿속에서 계속 울렸다. 실수까지도 선으로 바꾸시는 하나님. 언제나 선한 것만 주시는 하나님을 믿는다고 하면서 왜 나는 자책하며 힘들어했을까. 혼자서는 아무것도 할 수 없고, 하나님의 생기가 없으면 숨조차 쉴 수 없는 피조물인 내 안에 하나님의 뜻보다 더 중요한 것이 있었던 것일까? 내가 원하는 방향이 주인이 이끈 방향과 다르다고 해서 이 길은 실패한 길이라며 자신을 원망한다는 게 얼마나 교만한 행동인가.

유니버스를 준비하며 나는 하나님께 기름 부으심을 구했지만, 하나님은 그보다 먼저 자기를 비워 종의 형체로 오신 그분의 아들의 형상을 닮기를 원하셨다. 난 유니버스의 강한 영향력으로 하나님께 영광 돌리기를 원했지만, 하나님은 4위의 겸손함을 허락하셔서 섬기는 사람이 되기를 바라셨다. 지금 난 미스 유니버스는 아니지만, 하나님 나라를 품고 달리는 미스 천국이 되어 살아가고 있다. 아직 부족하지만, 나를 통해 영광 받으실 하나님을 찬양한다. 세상의 빛과 소금으로 살아가는 사람이 되기를 소망한다.

하나님, 살아 계시다면
한 번만 도와주세요

권오중 (배우)

난 하나님을 만난 지는 오래되지 않았다. 하지만 하나님은 내게 너무 많은 은혜를 주셨다. 지금도 살아 계신 하나님을 체험하고 있다.

신앙이 뭔지 전혀 모르던 나는 아내를 통해서 하나님을 만나게 되었고, 아들 혁준이를 통해서 하나님이 살아 계시다는 것을 알았다.

나는 불교 집안에서 태어났다. 말이 불교지 거의 무교에 가까운 불교이기는 했지만. 젊은 시절 방탕한 생활을 보내던 중에 지금의 아내를 만났다. 아내는 모태 신앙에 부모님과 가족 모두 그리스도인이다. 그 덕분에 연애하면서 아내가 다니던 교회에 다니게 되었다.

우리가 결혼하려고 할 때 양쪽 집안에서 모두 심각하게 반대했다. 우리는 많이 힘들었다. 그러다가 목사님의 설교를 듣고 결혼하기로 결심했다.

"지금 사랑하는 사람들은 올해 안에 꼭 결혼하십시오. 어떤 어려운 상황이 생겨도 이겨 내세요."

우리 둘에게 주시는 하나님의 메시지 같았다.

혼인신고를 먼저 하고 결혼식을 강행했다. 결혼식에는 양가 부모님들이 자의 반 타의 반으로 참석해 주셔서 결혼식이 그리 외롭지 않았다. 그 다음 해에 아들 혁준이가 태어났다.

2001년도 여름, 혁준이의 4번째 생일이 며칠 안 남았을 때다. 잘 지내던 혁준이가 갑자기 열이 나기 시작했다. 우리 부부는 감기려니 생각하고 병원에 갔다. 혈액 검사를 했는데 예상치 못한 결과가 나왔다. 다른 데는 큰 문제가 없는데, 근육 수치가 너무 높게 나온 것이었다. 보통 아이들의 수치가 200 정도라면 혁준이는 1만이 나온 것이다. 담당 의사가 말했다.

"수치로 봐서는 근이영양증(근육병)일 것 같습니다. 입원해서 좀 더 검사를 해 보죠."

처음 듣는 병명이었다. 나는 막연하게 생각했다.

'근육병? 치료하면 낫겠지, 뭐.'

혁준이를 병원에 입원시키고 와서는 인터넷 검색을 해 봤다. 나는 검색 자료를 볼수록 할 말을 잃고 말았다. 근육이 점점 없어지면서 결국에는 목숨을 잃는다는 근육병. 현재로서는 치료약도 없는, 말 그대로 불치병이었다. 우리 부부는 너무 큰 충격을 받았고, 정말 많이 울었다.

"절대 그 병이 아닐 거야. 정밀 검사를 하면 오진으로 나올 거야."

나는 오기라도 부리고 싶은 심정이었다. 하지만 정밀검사 결과도 같았다.

"진찰 결과는 90퍼센트 이상 확실합니다. 마지막으로 사흘 뒤에 근전도 검사를 해 보죠. 하지만 이 병이 아닐 거라는 기대는 하지 마세요."

우리는 절망에 빠졌다. 진찰 결과가 사실이라면, 병원에서는 더 이상 기대할 것이 없었다.

그제야 우리 부부는 하나님을 애타게 찾기 시작했다. 아내 덕분에 신앙생활을 시작했지만, 평상시에는 잊고 지내다가 주일에 교회에 가서 잠깐 하나님을 뵙는 정도의 불량 신자였던 나. 성경 구절 하나 외우지 못하고, 제대로 기도한 적도 없던 내가 하나님께 매달렸다. 기도하는 법조차 몰라서 무작정 이렇게 기도했다.

"우리 아들 혁준이를 고쳐 주세요. 혁준이가 근육병만 아니게 해 주세요."

그러던 내게 장모님이 작은 종이를 손에 쥐어 주셨다. 그 종이에는 이렇게 쓰여 있었다.

두려워하지 말라 내가 너와 함께함이라 놀라지 말라 나는 네 하나님이 됨이라 내가 너를 굳세게 하리라 참으로 너를 도와주리라 참으로 나의 의로운 오른손으로 너를 붙들리라 이사야 41:10

이 성경 말씀은 내게 큰 힘을 주었고, 그 뒤로 이 구절을 붙잡고 기도하기 시작했다. 지금도 이 성경 구절은 내 삶의 한 지표다.

병원 생활을 하면서 감사했던 것은 같은 병동에 있는 전혀 모르는 분들이 혁준이를 위해 기도해 주신 것이었다. 어느 집사님은 날마다 찾아오셔서 우리 혁준이를 위해 기도해 주셨다.

그렇게 사흘이 지나 근전도 검사를 하기로 한 날.

날마다 기도해 주시는 집사님이 새벽에 찾아오셨다! 혁준이 이마에 손을 대고 기도하신 다음 이렇게 말씀해 주셨다.

"밤에 기도하는데 하나님이 빨리 혁준이한테 가서 기도해 주라고 하셨어요. 병이 나을 거니까 걱정하지 말라고요."

얼마나 감사했던지. 하나님은 우리가 힘이 부족할 때 다른 분을 통해서 말씀해 주셨다. 하나님의 살아 계심을 증거해 주셨다.

마침 그날 광고 촬영이 있었다. 그때 나로서는 아무리 큰 돈을 준다고 해도 광고를 찍을 마음의 상태가 아니었지만, 이미 오래전에 촬영 날짜를 맞춰 놓은 것이라 취소할 수가 없었다.

혁준이가 검사실로 들어가고, 나는 검사실 밖에서 하나님께 기도했다. 나중에 교회 생활을 착실히 하면서 알게 된 것이지만, 하나님께 함부로 해서는 안 된다는 서원 기도를 한 것이다.

"하나님, 도와주세요… 한 번만 도와주세요… 하나님이 하라고 하셔서 결혼했고 그렇게 얻은 아이입니다. 하나님이 혁준이를 살려 주신다면 전 평생 근육병 같은 힘든 상황에 놓여 있는 분들을 위해 살겠습니다. 혁준이 또한 그렇게 살게끔 키우겠습니다. 약속하겠습니다. 하나님이 기적을 보여주신다면 정말로 착한 일 많이 하면서 열심히 살겠습니다."

그러면서 예수님이 오른손으로 혁준이를 치유하시는 이미지를 내 머릿속에 계속 그렸다. 마음속으로 혁준이에게 외쳤다.

"혁준아… 그분이 하나님이야… 절대로 그 손을 놔서는 안 돼… 꼭 붙들어, 혁준아… 하나님은 널 많이 사랑하셔…"

끝내 검사 결과를 알지 못한 채, 나는 촬영장으로 향했다.

한창 광고 촬영을 하고 있을 때 아내에게 전화가 걸려 왔다. 아내의 목소리는 떨리고 있었다. 내 심장 또한 터질 것 같았다. 아내가 이렇게 말했다.

"오중! 혁준이 살았어… 혁준이 근전도 검사 결과가 나왔는데, 근육병 아닌 것 같대… 의사 선생님들도 이럴 수 없다고 놀라셔…"

나는 아무 말도 할 수 없었다. 기적이라고밖에는… 하나님은 내게 이렇게 다가오셨다. 전화를 끊으면서 내 입에서는 자꾸만 사도신경의 한 구절이 흘러나왔다.

"장사한 지 사흘 만에 죽은 자 가운데서 다시 살아나시며…"

나는 그 순간 알았다. 하나님이 내게 하시고 싶은 말씀이 이거였다는 것을. 하나님은 내게 하나님의 살아 계심과 내가 앞으로 살아가면서 해야 할 사명을 깨닫게 하고 싶으셨던 것이다.

그날 광고 찍은 금액으로 근육병 환우들과 가족들을 돕기 시작했다. 그때만 해도 나는 불치병을 '희귀병', '난치병'으로 바꿔 말해야 한다는 것을 몰랐다.

그 일이 있은 지 몇 개월 뒤에 '한국희귀·난치성질환연합회'라는 단체가 만들어졌고, 나는 그 단체의 홍보대사로 임명되었다. 사무실도 없는 연합회였지만 내가 해야 할 일이라는 것을 알았기에 열심히 활동했다. 지금은 서울역에 2층으로 된 사무실도 생겼고, 사단법인으로 등록되었으며, 동양최초로 희귀·난치성 환우들을 위한 쉼터를 만들었다. 지금은 가수 '자전거 탄 풍경', 개그맨 이병진 형님, 친구이자 배우인 정찬, 음악인 자원봉사자 두레소리 분들이 함께하신다.

이 단체가 생기고 난 다음 해에 나는 '천사를 돕는 사람들의 모임'이라는 순수 봉사단체를 만들어서 희귀·난치병으로 고통 받는 환우들과 가난으로 고통 받는 분들을 위해 봉사하고 있다. 내 삶은 완전히 바뀌었으며, 진짜 행복을 누리며 살고 있다.

하나님은 살아 계신다. 우리를 인도하시며 우리가 해야 할 일을 분명히 알려 주신다. 하나님을 만나기 전의 나의 모습은, 마치 큰 병에 빠져 자신의 고통만을 헤아리는 환자 같았다. 아직 하나님을 만나지 못했다면 지금 이 순간 하나님의 말씀에 귀 기울여 보라. 하나님이 많은 기적을 보여 주실 것이다. 하나님이 우리에게 주신 선물이 너무 많음을 깨달을 것이다.

그 뒤로 홍해가 갈라지는 것처럼 기적 같은 사건이 얼마나 많이 일어났는지 모른다. 이 사명을 내게 주신 하나님께 감사드린다.

하나님은 처음부터 나를 이렇게 쓰려고 하셨던 것 같다. 어릴 적 과외 선생님을 따라 한두 번 교회에 가 본 게 전부인 나를 딱 찍으셨던 것 같다. 그래서 나를 배우로 만드셨고, 아내와 사랑에 빠져 결혼하게 하셨고, 우리에게 아들 혁준이를 주신 것 같다.

나와 하나님을 만나게 해 준 우리 아들 혁준이는 어떻게 되었을까? 벌써 초등학교 3학년이 되었다. 바가지 머리에 학교에서 짓궂은 장난을 잘 쳐서 자주 혼나는 완전 개구쟁이 소년이다. 우리 부부는 아이가 너무 말을 안 들어서 엄청 스트레스를 받고 있다. 순종하는 아들이 되게 해 달라고 기도하지만, 하나님은 이 기도는 잘 들어주시지 않는다. 아마도 우리 부부가 감당해야 할 몫인가 보다. 그래도 혁준이의 하나님 사랑은 우리보다 훨씬 뜨겁다.

하나님, 감사합니다. 사랑합니다.

나의 스승들,
신현준의 인명사전

.

간디
인도의 정치가, 인도 독립운동의
정신적 지도자

고골리
러시아의 소설가, 극작가

공자
중국 고대의 사상가, 유교의 시조

괴테
독일 고전주의 대표자로 세계적인
문학가, 자연연구가, 공직자

나이팅게일
영국의 간호사, 병원·의료제도의
개혁자

노자
중국 고대의 철학자, 도가의 창시자

니콜라스 브렌던
미국의 영화배우

다니엘
영국의 화학자, 기상학자

데카르트
프랑스의 철학자, 수학자, 물리학자

도산 안창호
한말의 독립운동가, 사상가

뒤클로
프랑스의 정치가

로버트 브라우닝
영국 빅토리아조를 대표하는 시인

로버트 케네디
미국의 정치가.
형인 J. F. 케네디의 선거운동 사무장,
법무장관, 대통령 고문.

리히텐베르크
독일의 물리학자, 계몽주의 사상가

마더 테레사
수녀. 인도 콜카타에서 평생을
가난하고 병든 사람을 위해 봉사

마르쿠스 아우렐리우스
로마제국의 16대 황제,
후기 스토아파의 철학자,
〈명상록〉의 저자

마틴 루터 킹
미국 내 흑인의 인권운동을 이끈
개신교 목사

몽테뉴
프랑스의 르네상스기를 대표하는
철학자, 문학자, 〈수상록〉의 저자

백스터
영국의 청교도파 목사이자 저술가

박정식
한국의 목사

밸푸어
영국의 정치가, 저술가

베르길리우스
고대 로마의 시인

브라운
미국의 대중음악, 영화음악 작곡가

빅토르 위고
프랑스의 19세기 낭만주의를
대표하는 작가

빌 헌터
오스트레일리아의 영화배우

사디
페르시아의 시인

사르트르
프랑스의 작가, 사상가

세네카
고대 로마시대의 스토아 철학자

셰익스피어
영국의 시인, 극작가

소로
미국의 사상가, 문학자

솔론
아테네의 정치가, 시인

쇼펜하우어
독일의 철학자, 염세사상의 대표자

슈바이처
독일계의 프랑스 의사, 사상가,
신학자, 음악가

스피노자
네덜란드의 철학자

실러
독일의 시인, 극작가

아미엘
스위스의 문학자, 철학자

아우구스티누스
초대 그리스도교 교회가 낳은 위대한
철학자, 사상가.〈고백록〉의 저자

아인슈타인
미국의 이론물리학자

에드워즈
시인

에머슨
미국의 사상가, 시인

에이브러햄 링컨
미국의 16대 대통령

우암 김재순
한국의 정치가

이소룡
미국 태생의 무술 배우

조나단 에드워즈
미국의 목사, 신학자

조지 엘리어트
영국의 작가

존 러스킨
영국의 비평가, 사회사상가

존 워너메이커
백화점 창시자

주세페 마치니
이탈리아의 정치인

주요한
한국의 시인, 정치가

주윤발
중국의 영화배우

찰리 채플린
영국 출신의 미국 코미디언

체스터필드
영국의 정치가

칸트
독일의 철학자

칼라일
영국의 비평가, 역사가

키케로
고대 로마의 문인, 철학자, 변론가,
정치가

토마스 아 켐피스
15세기 그리스도교의 영성가

톨스토이
러시아의 시인, 극작가, 소설가

파스칼
프랑스의 수학자, 물리학자, 철학자,
종교사상가

파스퇴르
프랑스의 화학자, 미생물학자

펄벅
미국의 소설가

푸브리우스 실스
고대 로마의 작가

프로이트
정신 분석의 창시자

피천득
한국의 시인, 수필가, 영문학자

헤밍웨이
〈노인과 바다〉로 퓰리처상,
노벨문학상을 수상한 미국의 소설가

헬렌 켈러
시각과 청각 장애가 있는 미국의
작가, 활동가, 교육가

책을 닫으며

처음 교회 선교위원회에 소속되어 카자흐스탄에 교회를 짓고, 그 교회가 부흥한다는 소식을 들었을 때의 기쁨을 아는 나로서는 선교지의 힘든 소식을 못들은 척하기가 어려웠다.

이 모든 것을 내 힘으로 다할 수 있는 믿음의 분량이 없는데, 어떻게 할까 기도했다. 그때 하나님은 어렸을 때 소원 하나를 생각나게 하셨다. 내가 좀 더 성숙하고, 덜 창피한 순간이 오면 나도 책을 쓰면 좋겠다는. 그 막연했던 꿈을.

'그래, 책을 써 보자.'

결심이 섰다. 모든 일정을 다 비우고 두 달 동안 미국으로 떠났다.

책을 쓴다는 것이 쉽지는 않았다. 자다가도 꿈을 꿨다. 하나님이 꿈속에서 말씀하셨다.

"이런이런 내용을 써라."

나는 꿈속에서 하나님이 불러 주신 내용을 기억하려고 애썼다. 그러다 잠에서 깨어나는 순간, 그 내용은 순식간에 사라졌다. 아쉽게도.

새벽에 눈이 번쩍 떠질 때도 있었다. 책상머리에 앉으면 나도 모르게 백지 위에 글이 막 써졌다.

'우와, 이런 기적도 있구나.'

탄성을 지르며 날이 밝도록 글을 썼다. 그런데 아침에 일어나서 그 글을 다시 읽으면 민망했다. 박박 찢어 버렸다. 조금 시간이 지나면 또 후회했다.

'아까 그 글 괜찮았는데, 그냥 놔둘걸…'

그때 나는 작가의 고통을 알았다. 이런 날들의 반복. 미숙한 작가로서 찾은 한 가지 묘책은 내가 쓴 글은 다시 들춰 보지 않는 것이었다.

하지만 글을 쓰는 동안 하나님과 많은 대화를 할 수 있었고, 하나님의 세미한 속삭임을 들을 수 있었다. 책 제목을 생각했을 때, 불현듯 떠오르는 단어가 '고백'이었다. '고백'은 새하얀 도화지처럼 깨끗하고 사랑을 갓 시작한 여자의 미소처럼 수줍고 비밀스럽다.

배우의 이름으로 책을 낸다는 것이 조금은 조심스럽고 겁도 났지만 살아오면서 알게 된 좋은 것들, 나누면 더 큰 기쁨을 얻을 수 있는 것들을 '고백'

이라는 하얀 종이에 담아 보았다. 누군가 이 책을 읽고 하나님의 사랑을 알게 된다면 나는 더 이상 바랄 게 없다.

이제까지 저를 위해 기도해 주신 많은 분들께 감사드린다. 내게 생명을 주시고 언제나 나를 자신의 목숨보다 더 사랑해 주시는 하나님, 아기였을 때부터 지금까지 내 손을 잡아 주시는 여의도침례교회의 한기만 목사님과 교회 가족들(저만 보면 "현준아, 나 너 위해서 항상 기도하고 있어. 장가가야지" 하시는 목사님의 따뜻한 손을 잡고 싶어서 교회에 달려간 적도 있었어요), 부족한 저를 한결같은 기도와 사랑으로 후원해 주시는 부모님과 누나들과 매형들(항상 든든하고 감사해요. 영원히 잊지 않을게요).

영화에만 전념할 수 있도록 모든 여건을 만들어 주는 나의 천군천사 덕현이(나와 같이 일해 줘서 고마워. 사랑한다), 아무 때나 전화해서 수다 떨 수 있는 나의 친구들, 어느 곳에 가도 "신현준 씨, 저도 그리스도인이에요. 반가워요" 하며 따뜻하게 대해 주신 모든 분들, 가족처럼 소중한 우리 팬클럽 식구들(새벽에 글을 쓰고 있는데, 문득 팬클럽 식구들이 보고 싶었다. 진정으로 감사해요. 나 사랑해 줘서! 언제나 함께하면 좋겠어요! 오랫동안…).

제 영화와 배우 신현준을 사랑해 주시는 모든 분들께 진.심.으.로. 깊이 감사드린다.

Espresso,
San Jose,
그리고, 김범수가 부른
<주 하나님 지으신 모든 세계>가 듣고 싶다.

작가소개 | 신현준

1세대 한류스타이자 대한민국을 대표하는 배우다. 영화사 HJ.FILM 대표로 영화 기획과 제작에도 참여하고 있으며, MC 등 다양한 분야에서 활동하고 있다. 후진 양성에 관심을 두고 인덕대학교 방송연예과 전임교수로 재직 중.

영화 <장군의 아들> <은행나무 침대> <퇴마록> <킬러들의 수다> <맨발의 기봉이> <가문의 위기>, 드라마 <천국의 계단> <카인과 아벨> <바보 엄마> <각시탈> 등에 출연했으며, 대한민국 대중문화예술상 문화체육관광부장관표창 등을 비롯한 다수의 상을 수상했다. 대한적십자 홍보대사로 활동 중이며, 신앙에세이 <신현준의 고백>, 동화책 <알라딘과 요술 램프>, <찰리 채플린> 등을 출간했다.

신현준의 고백

초판 1쇄 인쇄 2019년 12월 9일
초판 1쇄 발행 2019년 12월 19일

지은이 | 신현준
펴낸이 | 박현민
펴낸곳 | 우주북스
디자인 | Studio KIO

등록 | 2019년 1월 25일 제312-2019-000011호
전화 | 02-6085-2020
팩스 | 0505-115-0083
전자우편 | gato@woozoobooks.com
인스타그램 | instagram.com/woozoobooks
홈페이지 | www.woozoobooks.com

ISBN 979-11-967039-2-9 03810

이 도서의 국립중앙도서관 출판예정도서목록(CIP)은 서지정보유통지원시스템
홈페이지(http://seoji.nl.go.kr)와 국가자료종합목록 구축시스템
(http://kolis-net.nl.go.kr)에서 이용하실 수 있습니다.
(CIP제어번호 : CIP2019048836)